曾应枫 刘小玲 主编

邓利 著

岭南故事书系

古仔

岭南传说

U0590695

SPM 南方出版传媒

全国优秀出版社 全国百佳图书出版单位 广东教育出版社

图书在版编目（CIP）数据

讲古仔：岭南传说 / 邓利著. — 广州：广东教育
出版社，2021.1
（岭南故事书系 / 曾应枫，刘小玲主编）
ISBN 978-7-5548-2832-8

Ⅰ.①讲… Ⅱ.①邓… Ⅲ.①民间故事 — 作品集 —
广东 Ⅳ.①I277.3

中国版本图书馆CIP数据核字（2019）第099237号

责任编辑：王 亮 江丽茹
责任技编：吴华莲
装帧设计：邓君豪

JIANG GUZAI——LINGNAN CHUANSHUO
讲古仔——岭南传说

广 东 教 育 出 版 社 出 版
（广州市环市东路472号12—15楼）
邮政编码：510075
网址：http://www.gjs.cn
广东新华发行集团股份有限公司经销
佛山市华禹彩印有限公司印刷
（佛山市南海区罗村联和工业西二区三路1号之一）
890毫米×1240毫米 32开本 5.25印张 110 000字
2021年1月第1版 2021年1月第1次印刷
ISBN 978-7-5548-2832-8
定价：37.80元

质量监督电话：020-87613102 邮箱：gjs-quality@nfcb.com.cn
购书咨询电话：020-87615809

前　言

邓利

　　每天走过熙熙攘攘的街巷，抬头望见云锁雾绕的青山，在身边日夜奔流不息的珠江水呀，它们平平淡淡地存在，从远古一直到如今。

　　太熟悉了！太普通了！

　　应曾应枫和刘小玲主编邀请，编写《讲古仔——岭南传说》这本小书的时候，我才发现自己对一直生活与共的这岭南越地的神奇与精彩并不了解。

　　大街小巷的名字里，青山笼罩着的云雾中，川流不息的江河上，无言的山水都有着生动的传说。千百年来，许许多多的神奇故事被一代又一代的人一遍又一遍地讲述着，口口相传，唇舌为碑。

　　每个星期都去攀爬的白云山，竟然住过曾在东海边卖"长生不老药"的郑安期，他原来就是秦始皇一直想找而始终没能找到的"千岁翁"！

　　我自己居住的天河区，现在虽然已经没有河流，但在很久很久以前，慈爱的电母娘娘曾经将自己腰间的飘带变成一条晶莹清澈的河水，流淌在我现在脚边的土地上，解救了这一方因冤获罪的村民。

广州的"芳村花地"是冬去春回的云燕衔来的！因为它们要报答那里曾经居住过的一位爱惜小生命的老伯伯。

明朝画家李子长画在白色宣纸上的两块墨印翻动了一下，"扑通"一声，跃入了江中，变成"挞沙鱼"，至今还在珠江里繁衍生息……

太神奇了！太精彩了！

这些在口传时代就流传下来的古老故事，蕴含了人类最深沉的智慧和情感，寄托了南越人民最古老的记忆，讲述着他们与生俱来的爱的欢愉、生的欲望，讲述着大地草木、林间群兽以及南越人民对居住地方的眷恋，讲述着时间的开始和终止、大地的深邃和宽广，讲述着人类生命的源远流长。

编写《讲古仔——岭南传说》是我最快乐、最有收获的写作经历。写作一开始，就得到了广东省民间文艺家协会副主席曾应枫，国际民间叙事文学研究会会员、广东省民间文化遗产抢救工程专家委员会主任叶春生教授的直接指导，其中有几个传说故事改编于他们过去的著作，在此特别指出一并致谢！

地方还是那块地方，故事也还是那个故事，也许随着时过境迁，故事的人物换了，故事的场景变了，但构成这个骨架的一个个母题要素不会变，故事中的智慧和教诲永远不会变，这就是传说故事能够超越历史而世代流传的原因。

希望通过我的笔，使这些神奇传说继续流传下去，永不被岁月的尘埃所湮没。

目录

天地有情

风物灵秀

人杰地灵

此物相思

你每天走过的大街小巷，你抬头就能望见的云山，那条在你身边日夜流淌着的江水，太熟悉了，太普通了，是吗？它们平平淡淡，从过去一直到今天，没有一点神奇的色彩。

　　那是因为你不了解！

　　就在大街小巷的名字里，就在青山笼罩着的云雾中，就在川流不息的江河上，无言的山水却有着生动的传说。

天地有情

五羊衔穗

　　来到广州旅游的人，大都会到越秀公园的木壳岗上，和著名的五羊石雕像合影留念；出产于广州的许多商品的包装也会用到五羊的形象；就连2010年11月在广州举行的第16届亚运会，也使用了运动时尚的五只羊作为吉祥物。

　　广州又叫羊城，来源于一个家喻户晓的美丽神话——"五羊衔谷，萃于楚庭"。

　　话说当年在广州这块土地上住着很多越人，他们在一片荒山丘上建成了一座小城镇，叫南武城。

　　城里有座叫坡山的小山丘，坡山脚下住着父子俩，父亲60多岁，儿子还不满16岁。父子俩安分守己，在山下开荒种地，每年给官府缴纳地租后，靠着剩下的收成过着简朴的生活。

　　这一年大旱，地里颗粒无收，父子俩正愁没有食物填饱肚子，谁知道，官府不仅没有救济他们这些贫苦百姓，还要求他们按照丰收年景一样缴纳地租。他们交不出粮食，官府就派衙役把老人抓进了监狱，还说三天之内交不出粮食，就要老人的命。

无依无靠的儿子在家里想不出救父亲的办法，只得大声号哭。他哭啊，哭啊，日夜不停，哭声飘上九层云霄，感动了天上的五位仙人。

伴着一阵悠扬的音乐，五位仙人身穿五色彩衣，骑着五只不同毛色的彩色仙羊，腾云驾雾来到少年面前。仙人们拿着谷穗、麦、黍、稷等，都是天上的好种子。一位仙人将一串谷穗放到少年手中说："你把这个种在田里，浇水施肥，你父亲就有救了。"

少年擦干眼泪，按照仙人的指点播种、浇水、施肥。第二天天亮，地里竟然长满了青枝绿叶，结满了黄澄澄的稻谷！少年满怀欣喜，忙收割谷子，装好挑到官府，马上赶去赎回父亲。

官老爷不信，他出来一看，呀！真是黄澄澄的稻谷。他大喝："你是从哪里偷来的？不说清楚，我用板子打死你这个小贼！"

少年又气又怕，只能一五一十地把仙人送种子的事情讲了出来。

官老爷抓起一把谷粒，用小木板在台面上一搓，里面爆出粒粒润光油滑的米粒。他从来没有见过这么好的稻米，难道真是神仙送来的？他决定把老人放了，再悄悄跟在他们身后，去看看实情。

父子俩从官府出来，就一股劲地往家跑。来到坡山脚下，只见五位仙人还在那里乘风纳凉呢。他们忙磕头拜谢。

仙人们祝福说："愿此地永远不再有饥荒！"

官老爷远远听到祝福的话，想赶过去见仙人一面，却见仙人们驾着彩云，飘飘而起。他紧追不舍，一直追到珠江边，眼看着天上闪开一道门，五位仙人飘了进去。这时，从门里传出一句话："我们的五只仙羊喜欢你管辖的地方，它们会永久地庇护着这块土地，让它年年风调雨顺，幸福吉祥。"

官老爷听了，忙又赶回坡山脚下，果然，五只仙羊正在那里吃草呢。他冲上前，扑向其中的一只，又凉又硬！这哪里是羊，分明是块大石头！五只仙羊化成五块大石头，永远留了下来。

老人和儿子将种子分给大家播种，这块被神仙祝福的地方从此稻穗飘香，年年丰收，成为岭南最富庶的地方。

这就是广州"五羊城""穗城""羊城"之名的由来。

🌀 五羊石雕是广州的象征

海珠石与珠江

　　从前，在广州光孝寺的后花园旁边住着一个赵举人，他的祖父是前朝宰相，留下了许多家财。赵举人胸无大志，安于享受。他喜欢古玩，却没有一点真才实学。

　　一天，来了个外国的珠宝商，说要买他家的传家宝。珠宝商在他家里挑来挑去，最后看中他家书桌上垫在玉杯下的一块青石板。

　　"我看这个青石板很不错，卖给我吧，我很喜欢它。

🔹 海珠石遗迹

我可以用很高的价钱购买。"珠宝商说。

赵举人暗地大吃一惊：这块青石板是他在书房前的洗砚池里打捞上来的，长约三尺，宽约一尺，厚半尺，当时见它晶莹光滑，便放在书房里，没想到，那珠宝商却说它是宝。我该开个什么价卖给他呢？

珠宝商见他犹豫，知道这玩宝人不识宝，便改口说："你若不肯整块出卖，可以把这块石头分成三块，上层、下层的石板都归你，我只取中间的那一块，并奉送酬金三千元。"

赵举人一听不劳而获的一块石板能卖这么多钱，连连点头答应。珠宝商和他当即立下契约，请玉工将青石板剖开。

赵举人看到中间那块石板，再一次大吃一惊，而且悔恨不已。

中间那块石板竟是一幅天然的山河浴日图：上方群山叠翠，树木青葱；下方碧波荡漾，东方旭日，一片耀眼霞光。——这是无价之宝呀！

外国商人拿了宝石后，急忙在坡山渡口（即现在广州五仙观附近）坐船回国。开航没多久，突然大浪翻滚，把船拖回了坡山；第二次开航仍是如此；第三次开航，眼看船快驶出珠江口，怒吼的波涛却将船掀翻，连同宝石沉到了海底。原来，这件宝石形同中国河山，南海神将不愿意它流落国外，只好将它沉落海底。

第二天清晨，船只沉没处浮起了一块银光闪闪的巨大礁石，人们说"就是那宝石了"，便叫它海珠石，而日夜流经此处的这条江因此叫作珠江。

如今，广州历史上著名的海珠石早已经成为珠江北岸的基石，唯独与之相连的礁石默默地见证着沧海桑田的变化。

🌿20世纪初，海珠石上曾经建成"海珠花园"

"芳村花地"燕衔来

　　广州白鹅潭的西面，有片富饶的沙洲，种遍香花果树，一年四季繁花似锦，人们给它取了一个美丽的名字——芳村花地。

　　据说，芳村花地的花卉种植已有一千多年历史。可是，很久很久以前，芳村既没有花，也没有花地，不过是一片低洼荒地，由于杂草丛生，人们叫它"荒村"。

　　荒村有一位孤寡老人，叫蔡伯。他以种菜为生，在这里住了几十年，与他相依为命的只有泥屋檐下的燕子。在他的菜园里，是不允许打鸟和捅鸟窝的。为了方便燕子衔泥筑巢，蔡伯往往在菜园里和好一坑泥，还剪一些碎禾秆放进去，因此，他家的燕窝越来越多。秋去春来，燕子都喜欢飞到这里来。

　　有一年，一对燕子在蔡伯的屋檐下生出一窝十分可爱的小燕子。蔡伯就像照料儿子般喂养着小燕子，每天捉些菜虫、草蜢给它们吃。小燕子长得特别快，不久就开始练飞了。

一天，母燕带着小燕子在蔡伯家的园子里练飞，突然，从外面飞进一块石头，正好打中一只小燕子，它从枝头上掉了下来。蔡伯刚好从地里回来，赶紧把小燕子捧起，一看，哟，它的腿给打断了。

蔡伯心疼极了，去采了些草药回来，捣碎后给小燕子敷上，又从旧棉被上撕下些棉絮，给燕子做了个松软的窝。以后，蔡伯天天给小燕子换药喂食。待小燕子伤好些了，又给它做了个小笼子挂在屋檐下，让群燕飞来和它一起玩耍。

秋天来了，小燕子的伤好了，群燕快要南飞了。蔡伯放出小燕子，依依不舍地说："去吧，找你的同伴去吧，回南洋过冬，明年春暖再来。"说着，眼泪流了出来。那只小燕子在蔡伯的掌心上痴痴地站了一会儿，向蔡伯拍拍翅膀，飞向天空。

第二年春天很快又要到了，蔡伯和往年一样，天天走出家门，望向南边，希望燕子

花地在清朝又称花埭，是广州最大的花卉产区及园林荟萃之地

能早点回来。

这一天，一个奇迹出现在蔡伯家门前。成千上万的燕子飞到蔡伯的门口兜圈，一群接着一群，一队跟着一队，向着善良的蔡伯致意，并衔来了许多种子送给他。

蔡伯活了大半辈子，从来没有见过那么多的燕子；蔡伯耕了半辈子田，从来没见过那么多的种子，是燕子把世界各地美丽的花种都给蔡伯带来了！

蔡伯高兴极了，把种子撒在菜园里，不久便长出奇异缤纷的花果。蔡伯又把种苗分给街坊邻里种植。从此，"荒村"到处是香花佳果，变成了"芳村花地"。

芳村是广州的老城区之一，清代著名学者、维新变法运动领袖康有为的故居就坐落在这里。康有为的故居小蓬仙馆，原址位于芳村区花地街新隆沙东2号，是康有为幼年读书的书院。小蓬仙馆是一座具有岭南特色的水磨青砖三进古建筑，现在已经整体搬迁到芳村的醉观公园里，向市民开放。

芳村花地

现在的芳村花地已经是集花、鸟、鱼、宠、观赏石、收藏品、工艺家饰品的批发、零售、观赏、交流于一体的大型专业市场和休闲观光旅游景点，每天吸引着数以万计的来自全国各地的商家、旅游爱好者和消费者前来采购、游玩和观赏。

白鹤仙女报父恩

　　珠江边上有一个叫黄村的小村庄，村子东边的一座小园子里，住着一个老人。老人靠种花种菜生活，遗憾的是他没有老伴，也没有子女。

　　有一天清晨，老人像往常一样早早起来，看到园子的篱笆有些破损，就拿起柴刀砍了些竹子修补篱笆。

　　突然，一阵阵鹤鸣之声传来，他抬头仰望，只见从西方飞来一群美丽的白鹤。这群白鹤在园子上空盘旋几圈后，就停在园子四周歇息。白鹤们见了老人一点都不害怕，在附近优哉游哉地散步。

　　突然，"砰"的一声巨响，白鹤们"呼"地飞走了，老人失落地看着这群白鹤远去。

　　老人继续弯着腰修补他的篱笆，这时他又好像听到几声凄凉的鹤鸣，他循声看去，只见一只小小的白鹤倒在一条水沟边鸣叫，身上有血迹，显然是受了伤。

　　白鹤两只眼睛无助地看着老人。善良的老人心痛极了，马上将白鹤抱回屋中，洗去白鹤身上的血迹，将一块刀片烧红，医治了小白鹤身上的伤口，又到深山里采来草药为白鹤治疗。

在老人的精心照料下，小白鹤的伤慢慢好了起来。

白鹤伤好之后就天天伴在老人身边，老人希望它去找自己的同伴，曾带它到很远的地方放生，可是当老人回到家中时，白鹤早已飞了回来。后来，又有一些野白鹤飞来和这只白鹤玩耍，希望将它带走，但它还是没有走。

三年来，白鹤和老人形影不离。有一次老人外出，奇怪的是，这一次白鹤竟然主动留在家中。就在这天上午，有三个小偷跑到老人家里，白鹤在屋里大声鸣叫，刚好被路过的村民发现，三个小偷落荒而逃。老人回家后，村民将老人外出时发生的事告诉了老人，从此老人对这只白鹤更加珍爱了。

可是，有一次老人要出远门，白鹤鸣叫着要和老人同行，老人没有同意，硬是将白鹤留在了家中。三天后，老人回来时，发现白鹤被人毒死了。老人伤心不已，哭了三天三夜，然后按葬人的仪式把白鹤埋在了东边的篱笆下。

就在埋葬白鹤的第三天晚上，老人做了一个奇特的梦，梦见一位白衣少女从半空飘然而下，来到自己的屋内，帮他做饭，打扫屋子。老人惊疑不已，一时惊醒。

老人当然不会把这个梦当回事。可是，第二天中午，老人正在吃午饭，一个十三四岁，穿着破旧衣服的少女来到他家门口要饭。老人一见，惊呆了：这个少女和自己梦中所见的白衣少女长得一模一样。

　　老人让少女进了屋，少女也不客气，就留了下来。从此老人和少女父女相称。说来也奇怪，这少女就爱穿白衣服，人们联想到老人曾经养过的白鹤，所以都叫她白鹤少女。

　　少女越长越漂亮，天天为老人挑水做饭，扫地泡茶，让老人尽享天伦之乐。人人都说老人有福气，到老了还收养了这么一个漂亮的女儿。许多年后，老人去世了。在埋葬老人三天之后，有人看见白衣少女如白鹤腾空飞走了。从此以后，每年清明节前后，都会有一只美丽的白鹤飞到老人的墓前鸣叫三声，凄然离去。

　　这个故事很快在广州传开，大家都认为黄村是个吉祥的地方，纷纷搬去居住，黄村慢慢发展成为一个大村庄。人们为了纪念老人和白鹤少女，便把这个地方叫作白鹤洞。

"天河"名称的由来

广州市天河区位于广州老城区的东部，是广州市新城市中轴线上的中心地区。天河这个地方并没有河，它为什么有这样一个名称呢？

相传在古代，这里住着一户人家，母子俩相依为命。儿子叫李孝利。母亲终日劳作，帮人洗衣织布，赚取微薄收入。有一次，由于操劳过度，母亲卧病在床，什么东西都不想吃。

李孝利是个非常孝顺的孩子，他白天干农活，晚上帮母亲做家务，有什么好吃的总是想着让给母亲。现在见母亲病了，又不想吃东西，李孝利十分焦急。

村里有人说，用去了籽的木瓜来煮汤喝，对他母亲的病情有帮助。他立刻到田里挑了个又大又好的木瓜。为了能够回到家立刻煮汤，李孝利一边走，一边切开木瓜，在回家的路上，随意地把木瓜籽扔了一地。

就这么巧，玉皇大帝正好路过此地，发现满地的木瓜籽，老眼昏花的他误把木瓜籽当成稻谷，不由怒火中烧，心想：你这臭小子，不知道附近还有人连饭都吃不上吗？竟然如此浪费粮食！

于是，玉皇大帝立即下令严惩李孝利，并且降下瘟疫到他居住的村里。

李孝利当场给雷电劈死，百姓染上瘟疫。李孝利的母亲见爱子突然死在眼前，顿时呼天抢地大哭起来："该死的老天爷，你为什么不长眼？我只有这么一个孝顺儿子，偏给雷公劈了，叫我怎么活呀！"老人家抱着儿子，越哭越伤心："儿呀，你是为我做木瓜汤才遭雷劈的，如今木瓜籽还未扫净，你就去了，不如让我和你一起去吧……"

老母亲悲痛欲绝的哭声惊动了电母娘娘，电母娘娘是个善良的仙人，听到老人的哭诉，于心不忍，打起电光一照，发现掉在地上的果然是木瓜籽而不是谷子，看来是玉皇大帝冤枉好人了。

她赶紧禀告玉皇大帝，并亲自请太上老君下凡，救治李孝利。

李孝利的母亲正哭得死去活来，忽然，天上飘来一朵祥云，接着一阵清风徐徐吹进李孝利的鼻子，李孝利慢慢地睁开眼睛，活过来了。

李孝利的母亲高兴极了，正要去告诉众乡亲，却发觉原来村子里也是哭声一片，村民们都染上了瘟疫，一时间，哭声、呻吟声惊天动地。

电母娘娘决心帮人帮到底，她解下腰间的飘带，往

村子里一扔。霎时间，飘带变成了一条清澈见底的河。村民们捧起河水来喝，顿觉清凉甘甜，再喝上几口，病也好了。从此，村民就把这河称为"天河"，渐渐地，天河就成了这个地方的名字。

再后来，天河越叫越响，越传越远，一直叫到现在。没有河的天河成了广州市一个繁华的新城区。

🔹 当年的村庄，今天已变成繁华的城市

龙王护女镇虎门

在广东珠江的入海口，有一个虎门镇。

虎门镇外接大海，海天相接。海面上有许多大大小小的岛屿，它们都有美丽而神奇的名字，如龙穴岛、阿娘鞋岛、大虎山、金锁排、伶仃洋、狮子洋等，令人神往。

横跨伶仃洋的虎门大桥是我国自行设计建造的第一座特大型悬索桥，被誉为"世界第一跨"

传说在远古年代，南海龙王就住在珠江口的一个小岛上，离这个岛不远，有一堆耸立海上的岩石，岩上终年奔涌淡泉，是龙族饮水之地，统称为龙穴岛。

龙王有个小女儿，叫作阿娘，生性活泼，喜欢嬉戏。一天，她独自离开龙宫到海滩玩耍。那里的贝壳又多又迷人，阿娘高兴极了，一边拾贝壳一边唱歌。忽然，一阵卷地的狂风呼啸而过，阿娘回头一看，一只斑斓猛虎正向自己冲来。她吓坏了，连连呼救，奔走逃命，鞋也跑掉了一只。

那只鞋原来是龙宫宝贝，霎时变作一片山头矗立的海滩，挡住老虎的去路，阿娘平安地逃到附近的一个小港湾。那个山头因是阿娘的鞋所变，所以如今还叫阿娘山。那个小港，因为藏起阿娘，使她太平无事，人们称之为太平港。

再说南海龙王那天正在宫中午睡，阿娘的呼救声把他惊醒过来，张目一望，见猛虎穷追阿娘，顿时龙颜大怒，兵器也顾不得拿了，抄起一条木棒便向猛虎冲去。

那虎被山头挡路，正怒吼连声，忽见龙王杀来，气得虎毛倒竖，便张开血盆大口，迎战龙王。一个山中霸王，一个南海君王，在海滩展开猛烈搏斗，一个回合接一个回合，吼声起，山摇地动，龙尾摆，海浪滔天。

论武艺，龙王和猛虎两个不相上下，在陆地上，猛虎还略胜一筹。但由于那是只母神虎，已怀孕八百年，只差二百年就要生产，所以气力渐渐不支，招架一阵，走为上策。可是前有鞋山挡路，后有龙王追击，无奈只得夺路往海滩逃跑。

那龙王也斗得筋疲力尽了，且在陆地，奔走有些不灵。眼见老虎越逃越远，说时迟，那时快，龙王忽然一跃而起，口吐银泉，顿时茫茫大海，海涛呼啸，潮涨三丈，连鞋山脚也漫过了，山头变成了岛屿。

母虎一下被海潮卷到江心，但它也略识水性，挣扎着划水逃命。龙王当然不肯放过，只见它龙爪一舞，木棒击下，打个正着，母虎当场晕倒，伏在江心，一动也不动，变成了现在的大虎山。

那条木棒因用力过猛，一下断成两截，掉在老虎身

⊕ 虎门炮台旧址

边，变成了现在的上横档与下横档两个岛屿。

那母虎醒来后，一直肚痛不止，原来刚才的拼杀影响了腹内虎胎，怀孕未足一千年便早产了。出世的虎儿异常驯服，也学着妈妈的姿势，伏在江面，成为现在与大虎山对峙的小虎山。

龙王虽然打中了母虎，但还不肯善罢甘休，怕它再次渡海伤人，于是用一把金锁把母虎锁着，这就是大虎山旁的金锁排了。

据说母虎被锁后，千百年来，母子相对，伏在江面，再也不敢乱动。面对南海，常有伶仃之叹，故人们把珠江口外水域叫作伶仃洋。

但是老虎毕竟是兽中之王，虽身系金锁，却虎头昂立，常发怒吼之声，人们往往误听为是雄狮吼叫，所以把这一段珠江河面称为狮子洋。

广州"三华表"的传说

广州的珠江边上耸立着三座古塔——琶洲塔、赤岗塔和莲花塔。

历史上，广州人曾把这三座塔称作省城三华表，这三座古塔在民间有一个曲折动人的传说。

相传在很久以前，有一个昏庸无能的人来到广州做大官。这是他第一次来到岭南，在他的印象中，岭南应是一个弥漫着毒雾，贫穷落后的荒凉地方。但来到广州一看，哇！这里土地肥沃，稻米飘香，物产丰富。

这个昏官不仅想在广州搜刮不义之财，竟然还异想天开地想把广州这块富庶之地也带走。他请了许多手下和风水先生为他出谋献策。其中有一个能说会道的风水先生，给他出了一个主意。他说：广州地薄，犹如船的底部，整个广州地区就像一艘船，只要在船上安装上三支桅杆，借来风力，就可以将广州全部移走。安装三支桅杆就是要选好龙穴宝地建三座高塔。

这个昏官深信不疑，奖赏了这个骗子，并请他依计实施。于是那风水先生最后选定了赤岗、琶洲和莲花山三处建塔。昏官迫不及待地开始向老百姓征收钱财，召集各行工匠，要求人们同时进行建造三塔的工程。

工程开始时还算顺利，可是当其中的琶洲塔建到第六层时，天空突然乌云密布，狂风暴雨，昏天黑地，珠江狂潮巨浪翻滚，大家都说这是天神发怒了！大家惊恐万状，纷纷丢下工具逃走了。

昏官大怒，强行要求继续施工。可是琶洲塔每砌高一层就倒塌一层，根本没有办法修建。工匠们争相逃命，留下没有建成的半截塔身。昏官面对这天怒人怨的处境，也觉得心惊恐惧。当他去找那风水先生商量处置办法时，那家伙早已逃之夭夭了。昏官也知道是激怒了上天，赶紧收拾好钱财宝物，带领家人潜逃而去。

不久后的一天，珠江上一叶轻舟载着一位童颜鹤发、仙风道骨的老翁，他离舟上岸来到琶洲未建成的半截塔

🪷 莲花塔

前，对周围的人们说："那个官员居心不良，建塔作桅杆想把广州这片富庶之地带走，从而引起天怒人怨，所以筑塔不成。你们在塔基旁边开挖一口大井，井口设置一条大铁链，就像航船下锚似的，三支桅杆再高再大，也没有用场了。"人们遵照老人的建议，继续建塔，工程进行得十分顺利，直到三塔全部竣工也没有发生倒塌事故。

就在人们庆贺三塔竣工的开光典礼之日，人们听到珠江上隐隐传来丝竹鼓乐之音，向江面望去，只见一条白头大鳌鱼带领着一群鳌鱼在江水中起伏嬉戏，仿佛与人们共同享受三塔竣工的喜悦，祝愿广州从此风调雨顺，百姓安康。

相传那位点破昏官图谋的白发老翁，就是鳌鱼所化。人们为了纪念他，将琶洲塔也称为海鳌塔。

🌸 古老明信片中的琶洲塔

南海神庙的祝融和番鬼

　　广州黄埔庙头村，有一座闻名遐迩的南海神庙，是我国古代海神庙遗存下来的一个较完整、规模较大的建筑群，是中国古代帝王祭海的场所。

　　海神庙供奉的是南海神，你知道南海神叫什么名字吗？南海神叫祝融，也有史书称其为祝赤，即祝融和赤帝的简称。其实祝融和赤帝是同一人，祝融本是火神，今天

南海神庙是我国古代四大海神庙之一

一旦发生火灾，人们仍然认为是祝融君光临。这个火神为什么又兼任南海神呢？

尧帝时期，洪水滔天，连大山都被淹没了，黎民百姓生活于水深火热之中。尧帝下令鲧去治理洪水，治理了九年也没有一点效果。后来，鲧打听到天上有一种叫作"息壤"的宝物，只要把一点"息壤"投向大地，它就会马上生长起来，积成山，堆成堤。于是鲧想办法到天上偷了"息壤"到人间，用它堵塞洪水。大地终于渐渐看不见洪水的踪迹了。

很快，玉皇大帝知道天上的宝贝"息壤"被偷到了人间，非常生气，就派火神祝融下凡，在羽山把鲧杀死，并夺回了余下的"息壤"。玉皇大帝还命祝融监视人间治水，掌管一方水土大权。由于祝融属南方之神，所以就合水火为一神，兼任南海神了。

南海神祝融所在的南海神庙又叫波罗庙。

相传唐朝时，古代的波罗国有一个叫达奚的使者到中国来朝贡。回程时，他经过广州到南海神庙，便进庙里去拜南海神，并将从古波罗国带来的两颗波罗树种子种在了庙中。秀丽的景色让他流连忘返，竟然误了返程的海船。他跑到海边，举起左手放在额前，大声哭喊着，希望海船能回来载他返回家乡，后来立化在海边。

当地的人们认为达奚是来自海上丝绸之路的友好使者，便将他厚葬，并按他生前左手扶额，前望海船盼归的样子，在南海神庙中给他塑了一尊像，并给他穿上中国官

员的衣冠，封为达奚司空。

由于他是波罗国来的人，又在庙中植下波罗树，还天天盼波罗国船回来载他返国，村民俗称此像为"番鬼望波罗"，神庙也因此被称为"波罗庙"了。

明代憨山禅师有一首咏达奚司空诗，写得十分生动和贴切。诗云：

> 临流斫额思何穷，
> 西去孤帆望眼空。
> 屹立有心归故国，
> 奋飞无翼御长风。
> 忧悲钟鼓愁王膳，
> 束缚衣冠苦汉容。
> 慰尔不须怀旧上，
> 皇天雨露自来同。

波罗诞

南海神庙的庙会在每年农历二月十一至十三日举行，其中十三日为正诞，也叫波罗诞，即南海神诞，是广州乃至珠江三角洲地区独具特色的民间传统节庆活动。

珠海渔女恋人间

　　小玉龙是南海龙王第七女，美丽、善良又勤劳。她住在南海龙宫中，有一大堆丫头服侍不说，还有八个天天对着她耳朵唠叨的管家婆！为防她思凡逃到人间，八个管家婆还每人给她套上了一只手镯，只要脱掉一只，她就会死去。衣来伸手、饭来张口的生活让她感到自己简直就像一条无用的蛀虫，手上的八只手镯又让她觉得自己像一个没有自由的囚徒。

　　这一天，她太烦闷了，一个人偷偷溜出来四处闲逛。她来到广东南海边的香炉湾。呀！这里碧海银滩，翠林如带，海鸥逐浪，帆影穿行，还有一大群美丽的渔女，在海边打鱼嬉戏。

　　小玉龙被香炉湾美好和谐的人间风光迷住了，她再也不想返回龙宫，决意留在这里，做一个自由自在的人间渔女。

　　她自称玉珠，被当地渔民叫作小珠。小珠心灵手巧，很快学会了织网打鱼、捞蚌采珠，还常去仙界采来灵芝草配上珍珠粉为渔民治病，深受渔民的爱戴。劳动中，小珠还结识了一位憨厚老实的渔民青年海鹏。他俩情投意合，两情相悦，朝夕相伴，并定下了山盟海誓——将来他们要结为夫妻，相爱一生。

不料这件事被海中的苍蛟知道了。苍蛟早前就垂涎七公主的美貌，多次追求都被小珠拒绝。因爱成恨，苍蛟发誓要报复七公主，让她也得不到幸福。

苍蛟变化成一个矮子到渔村住下，接近海鹏，与海鹏结交。一次，他邀请海鹏去喝酒，故意说小珠手上八个手镯定是传家的陪嫁手镯，要得到渔女必须拿到一个作定情信物，方能证明她的真心。

耿直的海鹏轻信了苍蛟的话，要小珠摘下手镯给他作定情信物。小珠听了泪如泉涌，向海鹏倾诉了自己的身世。海鹏不相信这个天天与自己在海边打鱼、嬉戏，深深爱上自己的女孩子会是一个仙女！他觉得小珠是编了一个故事欺骗自己，所以非常生气，转身就要离开。

小珠为明心志，毅然用力摘下一只手镯，随即死在情人怀里。海鹏悔恨莫及，放声大哭，眼中的泪水流干，又流出了血水。

🔹 珠海拥有优美的海岸线

　　惊天动地的悲号传到了掌管珠海九洲的一位老神仙——九洲长老的耳里。九洲长老为这人神之间的真情所感动，引导海鹏上了九洲岛，找到一株"还魂草"，并嘱咐他："你必须用自己的鲜血天天浇灌它，等它长大了，你就可以用来救活小珠的命。"

　　海鹏依照长老的嘱咐，天天用自己的血浇灌"还魂草"。日复一日，年复一年，"还魂草"终于长大了，小珠复活了！

　　就在海鹏与小珠成亲那天，小珠和姑娘们在海边拾到一枚硕大无比的海蚌，挖出一颗举世无双的宝珠，于是，小珠高举起宝珠，献给了德高望重的九洲长老。

　　因有这样美丽的传说，加上香炉湾原本是养珠产蚝的地方，珠海置县时，就取了玉珠的"珠"和海鹏的"海"字命名，这就是珠海的由来。

珠海渔女

1982年，中国著名雕塑家潘鹤根据传说设计制作了一座大型石雕——珠海渔女。她体态婀娜，风姿绰约，颈戴珠串，腰系网具，双手高高举一颗闪闪耀眼的明珠，犹如昭示光明，奉献珍宝。如今，这座石雕已成为珠海市的标志。

 伫立在南海边的珠海渔女石雕

凤凰女怜民显圣

潮州的凤凰山是粤东地区著名的山峰。很久很久以前，有一只金凤凰，在这座山的山窝里下了两只蛋。两只蛋很快孵化出了两只小凤凰。

小凤凰在山中日夜修炼，终于得道，化成两位少女。她们不仅容貌美丽，而且非常善良，常常为当地百姓做好事，为人间带来吉祥和安宁。

这年，凤凰山下的北陇村突然暴雨成灾，洪水汇集到山村，淹没了房屋，没有办法排出去。两位凤凰女在山村上空环绕飞行，连连鸣叫，洪水就渐渐干涸了，北陇村保住了。

又一年，凤凰山下的西埔村到了春天耕种的时候，却一直干旱。天不下雨，田里没有水，无法插秧。春天不插秧播种，秋天就没有收成，冬天村民们就可能挨饿受冻而死。人们正在发愁，两位凤凰女飞到村子的上空，盘旋一阵，扯来几片云朵，接着很快下了几场雨，没几天就可插秧了。

还有一次，凤凰山下的南洲村里闹瘟疫，村民都病倒了，家家哀号，户户忧愁，两位凤凰女便化作卖药姑娘，给村民们治病……哪里有灾难，这两位凤凰女就出现在哪里，两只凤凰一出现，百姓就可得安宁。不久，这一带凤凰显圣的奇闻便迅速传开了。人们也就把当地的这座大山起名为"凤凰山"。

　　凤凰山终日云雾缭绕，银瀑飞泻；山上长满奇花异草，苍松翠柏。站在顶峰环视，群山俯伏脚下，潮州城远近景色尽收眼底，令人心旷神怡，仿佛那两位凤凰女还一直守护着潮州城。

❀ 凤凰山美景

潮阳文光塔的传说

文光塔矗立在潮阳棉城的中央，登上塔顶可俯瞰全区景物。关于建塔师父，有一段传奇的故事流传至今。

当年建塔的主人们将钱和物料都准备齐全之后，派人去请建造灶浦龟山涵元塔的那个老师父。谁知老师父漫天要价，怎么说都不肯降价，建塔的主人们拿不出那么多钱，只好回来另寻名师。

不久，老师父的大徒弟找到潮阳来，自愿低价承建工程。主人们看他年纪太轻，不敢相信，马上婉言谢绝。那大徒弟生气地说："世人眼光老，后生难出头。"说完转身要走。主人们急忙谢罪，并问他以前建过什么塔。他说："随师走南闯北，建塔五座。单说承建灶浦龟山涵元塔，师父说了一个施工大概方向，一切设计、奠基、建造，都是我负责的。"

主人们又带他到建塔的地方勘察地理，问他如何建造。他从备料到施工一一道来，整个计划井井有条，数字准确，说得主人们人人心服，当场拍板，决定由这大徒弟来建塔。

　　动工后，塔一层一层建造起来，耸立苍穹，巍峨雄伟，整齐美观。主人们声声喝彩，大徒弟更是喜形于色。眼看要建最后一层了，主人们择好黄道吉日，打算为宝塔落成来个"开光"大典，谁知问题突然出现：塔身渐渐向河边倾斜。

　　大徒弟对河边地软早有预防，曾建造了一段很长的石堤。如今塔身倾斜，石堤开裂，大徒弟尽力进行抢救，还是没有效果，只得停工。

　　外界传来风言冷语，讥讽他"未食三块豆干就想上西天"，大徒弟听了心惊胆裂，寝食不安，他想一定是自己才疏学浅，决心回头再去向师父求教。

🔶 宏伟的潮阳文光塔

　　师父原想赚取一笔大钱，没想到工程被徒弟抢去，正在生气，看着来求教的大徒弟，他满腔怒火终于得到爆发的机会："你这叛徒！无义狗！"大徒弟跪下垂泪说："我愿献全部所得为师父添寿。"但老师父说："活该！将来塔倒塌了，看你如何死法！"任凭大徒弟再三叩求，都难打动师父的铁石心肠，最后大徒弟还被师父赶了出去。

大徒弟想，不如去拜见一下心地善良的师娘，那样或许对事情有所帮助。他买了一担丰厚的礼物送到师娘家里，托她向师父求情。师娘答应他：“元宵节过后来听消息。”

大年夜，老师父回家过春节，师娘殷勤温柔，斟酒夹肉，乐得老师父哈哈大笑。师娘乘机问大徒弟的消息。老师父一听，大骂：“背师叛徒，自作聪明，所承建的潮阳文光塔已经倾斜，无法收场了。”师娘假装不懂：“斜了就扶正嘛！”老师父说：“塔重百万斤，怎么扶？”师娘说：“有其师，必有其徒。徒弟把塔建斜了，师父也无法可想，哈哈！”老师父连饮三杯，不屑地说：“对他，是难上难；对我，也就是举手之劳，小事一件。”师娘笑他吹牛。老师父说：“塔向河边斜，就是河边土质软，解救的方法，就是让对边的土质也变软。”师娘赶紧追问：“怎么变软？”

老师父是个多疑的人，见妻子一反常态，问个不休，便说：“一定是逆徒托你来问我的吧？”师娘只好把实情相告，求他救救大徒弟。老师父生气地说：“不能救。把塔扶正是我赚钱的秘术。我就是要看着他失败，看他走投无路去跳海。”师娘又求情，老师父说：“等我把手头的新塔建好之后，再到潮阳去大显身手，使人们知道，还是我这个师父的本领最高强。”

“就是让对边的土质也变软”，大徒弟从师娘口中得到这句话，感到很迷惑。他回家后，食不甘，睡不甜，整天苦思冥想。有一天，年轻的妻子从外面挑水回来，丈夫一看，挑来的是泥沙浑浊水。问原因，她说井里的砖条崩塌，井边泥土压下来了。大徒弟恍然大悟，立即收拾行李，匆匆回到潮阳工地。

第二天，工程分两处同时进行：一边把河边的护堤加固并延长；一边在对边选择适当的地方，开凿深井四口。说也奇怪，不久塔逐渐坐正了。大徒弟这才舒了一口气，名誉也恢复了。

老师父承建的新塔这时也已完工，他决定动身到潮阳扶塔，羞辱大徒弟。谁知一到工地，见塔已完工，七层庄严的塔，雄立县城中心。他东看看，西望望，找不出可挑剔的地方。大徒弟引他去看护堤石篱，又去看那四口井，三口正在填充。老师父看后不禁在心里暗叹："孽徒技艺已在我之上，留他不得！"

师徒同登宝塔。走上最高一层，老师父突然对大徒弟说："我们不如一齐跳下，看看谁有法力可保不死。"这一挑战把大徒弟吓呆了，大徒弟说："恩师，何必比生死？"老师父奸笑着说："比生死正好较量法力，有胆量明天就同来跳塔。"此话一传出，全城轰动。

大徒弟年少气盛，这口气怎能吞下。他请一老者以鸣炮三响为号，决心与老师父同死。

老师父心术不正，他回到家里找来一把破旧的黄色雨伞。第二天，城里人都来看他们师徒斗法。大徒弟看见老师父身带一把黄伞，提出抗议。老师父说愿将黄伞让给他，自己另取一把黑伞来。不一会儿，师徒俩走出第七层门，同时张开雨伞。

"砰——砰！"两声炮响，师徒俩站立栏杆上，正要张开雨伞往下跳。老者正弯腰准备点燃第三炮，只见师娘用力拨开人群，向老者扑来，夺过他手里的香火。

原来，老师父与大徒弟斗法的消息传到师娘耳里，她前来阻止，远远望见大徒弟手里拿的正是家里那把黄色的坏伞。眼看老师父设局害死大徒弟的惨剧即将发生，她急忙制止燃放第三炮，并迅速冲进塔门。老师父见事情败露，羞愧地走下塔去。

转眼间，吉日到了，知县为文光塔主持开光大典。从此，文光塔便耸立在潮阳棉城。

潮阳位于广东省东南部，濒临南海，气候温和，无严寒酷暑。全区地貌以丘陵、平原为主，有矿泉水、花岗岩、石矿场等资源矿种，素有"海滨邹鲁"之称，旅外华侨和港澳台同胞120多万人，是全国著名的侨乡。文光塔可说是潮阳悠久历史的见证。

❖ 现在的潮阳区全景

人凤互救谱传奇

广东清远市又叫凤城，这个名字来源于一则人凤互救的感人故事。

从前在清远地区住着一个名叫张易的年轻人。他水性特别好，人称"潜水易"。有一天，清城上空突然乌云密布，电闪雷鸣，暴雨倾泻，豪雨足足下了两天两夜。

第一天，雨水淹浸了城里的大部分房屋，人们有的逃到地势高的地方，有的全家爬上了屋顶。

第二天，许多房屋逐渐没顶，原先没有离开或来不及逃脱而栖身在屋顶的人们，这时有的游向高坡、大树，有的抱着从屋顶卸下的木梁浮在水里挣扎、漂流，情况非常危急。

刚发大水的时候，张易也爬上了自家的屋顶。看着洪水涨上来，他正打算游向高地，忽然听到一阵呼喊哭叫，他转头望去，只见不远处有一个老婆婆被洪水冲下，正在挣扎呼号。危急关头，张易奋力游向老婆婆，把她救到高地。

接着，他又一连救出了几个灾民。一天一夜，张易没有吃饭，精疲力竭的他正准备合眼休息一下，忽然听到水面上传来一阵叽叽叽的哀叫。

他睁开疲惫的眼睛一看，发现不远处一棵露出水面的梧桐树上有一窝刚生出不久的小凤凰。水快要淹没树丫，几只还未长毛的小凤凰伸长颈，张大口，在大声向他呼救。

心地善良的张易拖着疲乏的身子，再一次冲进洪水之中，游到树边，托起凤巢，用尽最后一点气力，终于把那几只小凤凰救上了高地，而他自己却永远地闭上了疲惫的双眼。

外出为孩子寻找食物的凤凰妈妈急急忙忙飞了回来，在清城上空低低盘旋，可是它的凤巢呢？巢已完全被洪水淹没。后来，它看到了自己的孩子们——它们在一个高地上，已经被一个善良的青年人救起，而那个青年人却已经累死了。

洪水还在继续上涨，许多无助的灾民仍然在洪水中挣扎着。

大凤凰在天空中再盘旋了一圈之后，突然扑入水中。它竭力隆起身躯，振动一双翅膀，翘起长长的美丽尾羽。在洪水中挣扎的人们纷纷爬向大凤凰的两翼和凤背，然后走向凤尾，到达了松树岗一带高地。

大凤凰在水中整整坚持了一夜，危难中的人们得救了，可是大凤凰却因泡水太久而死去，化作振翅翘尾的形状，永远留在了清远。

雨过是天晴，洪水来了终会退去，清远城在阳光中又苏醒了。几个月之后，张易居住的那条巷子的一棵合欢树上飞来了一群小凤凰，久久不散，它们为了感激张易而来，也是为了悼念它们的母亲而来。

后来，清远城的人们便把张易住的那条巷改名为"起凤里"。为了纪念那只大凤凰，又在现在工人文化宫前的空地上筑起一座高台，命名为"凤凰台"。人们称现在的三码头为凤头，县府（即今凤苑酒店）一带为凤背，松树岗（今清中足球场）为凤尾，把清远称作凤城。

🌸 清远地标"丹凤朝阳"雕像

东莞金鳌改邪归正

　　在广东东莞市万江街道东江南支流与汾溪河交汇处有一个洲，因为这个洲的形状很像一只金鳌鱼，所以人称金鳌洲。

　　东莞的祠堂、庙宇的脊梁多有左右两只金鳌，东莞人称房屋正梁之脊为屋顶鳌鱼。屋顶为什么要安放鳌鱼？

　　鳌不是鱼，而是大龟。它奇大无比！住在方圆有亿万丈的北冥之海，半个身体淹在海中，龟壳却露出水面。那个时候，共工撞断了不周山，天柱将折，天地将倾。女娲娘娘来到北冥之海，看到金鳌，决定取它的四条腿支撑天地四角。

　　修行足有几千万年的金鳌泪流满面：“老龟在此北冥之海修行，未曾害人，娘娘何苦要取我性命！”

　　女娲叹道：“你不要怨我，我也是再也想不出别的办法了。我只取你的四条腿，保全你的性命。”

　　女娲取得神龟四足，擎住苍天，天地终于不再合拢。人间浩劫已解，只是那洪荒大陆，经过这一折腾，已无多少生灵，女娲于是造出了许多人类。

金鳌被女娲斩断四足后，仍是水陆两栖动物，不但吃水中鱼类，也常上岸掠取六畜。由于怨恨女娲，它更是把地面上生活的人类视为第一猎取对象。

南海观世音菩萨见初生的人类不是金鳌的对手，便用十万八千根蚕丝结成绢索，将宝瓶中的杨柳枝削成倒刺神钩，再用泥巴捏成人形为饵。晃动的泥人挂在神钩上，神钩放入大海里，像是人类在大海里漫游、嬉戏。金鳌见到海中有人游泳，一口吞食，结果被杨柳神钩钩住了。

被观音菩萨抓住的金鳌自知罪孽深重，恳求大慈大悲的观音不要杀死自己，并表示愿意戴罪立功，与人为善。从此观音骑在鳌背上，航行四海，救灾救难，行善施乐，所到之处，施人安康。金鳌成了吉祥、降福的象征。

传说观音菩萨乘金鳌云游四海，普度众生。一天，来到万江地带，金鳌看见这里江河交织，万川入海，岸上草木常春，是块难得的风水宝地，有些依依不舍。观音菩萨看出金鳌的心事，见金鳌确已改恶从善，并为人类立下大功；而此时，人类已经成长，金鳌也已年迈，理应安息，于是放出一道金光，点化金鳌为大洲，让它在此休息安居。为使金鳌死时能得全尸，观音还点化四个横水渡为鳌足。而为横水渡的四只鳌足，永远不会一齐到对岸，以防金鳌恢复原形，再次使坏。

而今东莞万江的金鳌洲仍像金鳌形，其四足为横水渡，不断活动，如在水中流动，栩栩如生。东莞人筑起一座

金鳌洲塔。有金鳌洲塔镇住，金鳌永远不能离开万江。

而今，金鳌洲塔成了广东省文物保护单位。由于有独占鳌头的寓意，金鳌洲塔下原来建有文昌庙，庙内供祭文武二帝，是读书、习武、求功名的人考试前必拜之神。

🔸 屹立在东莞的金鳌洲塔

金鳌洲公园

东莞人民根据金鳌的传说，兴建了金鳌洲主题公园。这个公园从东莞金泰桥头一直延伸至金鳌洲古塔。

在公园里，有一条连接金鳌洲古塔，长150米，反映万江人文、历史、地理、现状等情况的文化长廊和一个伸入江中的雕塑小岛，小岛内安置一铜制金鳌，岸边建有一座金鳌洲碑记，用来记载金鳌洲的神话故事。

韶乐传悲音

说起韶关的名字，可以追溯到几千年前的尧舜时代。那时中国还是原始社会。

尧帝有两个女儿娥皇和女英，尧帝不但把帝位禅让给舜，还把两个最美丽、最可爱的女儿许配给舜做妻子。舜很爱自己的妻子，但更牵挂民情。当时，在南方九嶷山上有九条恶龙，住在九座岩洞里，经常到湘江来戏水玩乐，以致洪水暴涨，庄稼被冲毁，房屋被冲塌，老百姓叫苦不迭，怨声载道。舜帝得知恶龙祸害百姓的消息，饭吃不好，觉睡不安，一心想要到南方去帮助百姓除害解难，惩治恶龙。

妻子依依不舍地送了他一程又一程。舜劝她们回头，说：送君千里，终有一别，我很快就会回来的。

妻子问：我们怎么才能知道你的安危呢？舜说：你们听到韶音的旋律，就会知道我是否安全。

韶就是舜帝所作的乐曲名，是一种很高雅的音乐，妻子可以从舜帝创作的乐声中知道他的心事和哀乐。

舜帝走了，娥皇和女英在家日夜为他祈祷，盼望他早日归来。可是，一年又一年过去了，燕子来去了几回，花开花落了几度，舜帝依然杳无音信。她们二人思前想后，觉得与其待在家里久久盼不到音信，见不到归人，还不如前去寻找。于是，娥皇和女英迎着风霜，跋山涉水，到南方湘江去寻找丈夫。

她们千辛万苦来到湖南湘江流域，突然听到远方传来一阵阵割人心肠的悲伤"韶乐"歌声，妻子知道丈夫有难了，传意她们不要再抱有见到他的希望了。

二女难过极了，抱头痛哭起来。娥皇和女英的眼泪，洒在了九嶷山的竹子上，竹竿上便呈现出点点泪斑，有紫色的，有雪白的，还有血红血红的，这便是"湘妃竹"。竹子上的斑点有的像指纹，传说是二妃在竹子旁边抹眼泪印上的；有的竹子上有鲜红鲜红的血斑，便是两位妃子眼中流出来的血泪染成的。

她们一直哭了九天九夜，把眼睛哭肿了，嗓子哭哑了，眼泪流干了。后人称她们为湘夫人，湘江流域一带的人们认为她们已经变成"湘水之神"。

而当时那阵阵悲壮的"韶乐"正是舜帝从广东境内韶关城北30公里处的石山中奏出来的。传说此时舜帝染上了恶疾，知道自己回不去了，就坐在一块大石上奏起他最能表达思念和情感的韶乐，希望乐声能传到两位心爱的妃子的耳朵里。

舜帝当年坐着奏韶乐的石头，当地人称为韶石，相应的山石命名为三十六石，即今天的韶石山景区。

韶关全景

烧木佛地丹霞情

丹霞山坐落在广东省仁化县城以南，距韶关市区五十多公里，以前叫作烧木佛旧地。

传说在烧木佛旧地有个木佛精。木佛精住在锦石岩，专抓山下的黎民百姓藏到山上岩洞里，然后砍山上的大树把百姓烧成焦肉，然后吃掉。

这天，木佛精又到大石山下的村庄，抓到一个名叫阿丹的少年和一个名叫阿霞的少女。木佛精看到阿丹如此英俊、阿霞如此漂亮，舍不得立即烧死吃掉，便施展法术，要阿丹、阿霞做他的仆人，终日侍候他。

阿丹、阿霞被关在伏虎岩，他俩同病相怜，相依为命。时间一天天地过去，这对渐渐长大的苦命孩子成了一对情侣。他们眼看着周围的一堆堆尸骨，心想自己总有一日也要被木佛精吃掉。为了逃出木佛精的魔掌，他俩日夜思量着逃生的方法。

木佛精眼睛犀利，能看穿大山巨石，不管你走到哪里他都能看得一清二楚，而且，他身上还有两件宝贝，一件是火葫芦，一件是水葫芦，抓不到你就放出火葫芦的火或水葫芦的水把你烧死或淹死。若要逃生，就必须找机会先把他的两件宝贝偷走。

一天，木佛精下山抓到两个百姓，放在熊熊的烈火中烧焦后，提来一大桶酒，美滋滋地吃起来。肉吃完，酒喝干，木佛精倒在地上呼呼大睡。阿丹和阿霞轻手轻脚来到木佛精身边。只见木佛精张开大口，鲜血夹着口水流了一地，鼻子喷出腥气，睡得正熟，两只葫芦就挂在胸前。

阿丹和阿霞刚想伸手摘他身上的葫芦，岂料木佛精一个侧身，一只葫芦挂在脖子上，另一只葫芦被压在腰间。阿霞手快，一下解下脖子上的葫芦，但阿丹看着木佛精腰间露出的半截葫芦不知所措。

突然木佛精伸了个懒腰，阿丹、阿霞以为木佛精醒来了，撒腿就跑，由于心慌，一脚踢飞了木佛精放在身边的茶壶。

🌀 丹霞山风光

惊醒过来的木佛精大声呼叫阿丹、阿霞，不见回答，摸摸身上的葫芦少了一只。他用妖精眼一扫，只见阿霞手拿着葫芦，阿丹牵着阿霞的手在山峰溪涧奔跑。

木佛精用力往自己腹部打了一拳，口中喷出一道火光，酒醒了，他狂叫道："你有飞天遁地的本事，也休想逃出我烧木佛旧地。"说完哈哈大笑，笑声惊天动地，漫山树林"沙沙"作响。

阿丹、阿霞听到木佛精发出的声音，赶紧加快步伐。可是，身后好像有一股风在追赶，走了半天还没有逃出烧木佛旧地。后面的风越来越大，他们俩的脚越来越不听使唤。这时木佛精跃上半空，大声吼道："再跑就烧死你俩！"阿丹和阿霞定睛一看，木佛精如一只大魔鬼，青面獠牙，张牙舞爪地挥舞着葫芦："再跑，我就把你们烧成焦石头。"

木佛精打开手中的葫芦盖，一道红光从半天射向群山，顿时火光冲天，大山燃起了大火，风助火势，火趁风威，树木、石头被烧得"噼噼啪啪"满天作响，熊熊烈火沿着阿丹、阿霞走的路线蔓延，眼看就要燃着他们了。阿丹、阿霞牵着手，撒开双腿，像飞人一般，继续向前逃命。"火再红些，风再大些！"木佛精咬牙切齿地叫着。

火越来越大，看来逃不出火海了，阿霞突然想起太阳升起的地方应该是一条金光大道，于是她大声说："阿丹哥，往东跑，不能回头，一直往东跑！"说完她停下脚步，打开手中的葫芦，对着烈火就要喷洒。狂风掀起一团高数十丈的烈火，劈头盖脸地向阿霞袭来，阿霞被火浪喷倒在地上，烈火从脚一直烧到头部，动弹不得，只手中葫芦的水仍汩汩地流着，顺着低洼的南方流去，流成了一条河。这就是现在的锦江河。

阿丹朝着东方飞快地奔跑，越过高山，跨过河流，眼看就要逃出木佛精的魔爪。这时他才发觉阿霞没有赶上来，他回头追寻阿霞，看见阿霞全身已被烈火烧得通红，变成了一座大山，就是现在的睡美人峰。

阿丹惊呆了，站在那里一动不动，烈火以迅雷不及掩耳之势向东扑来，烧着了阿丹的衣服，烧着了阿丹的头发，直到把阿丹烧成一座焦岩，变成现在大家看到的人面石。木佛精火葫芦的烈火把山石烧成红色，把阿丹变成了人面石，把阿霞变成了睡美人峰，但是烧不灭阿丹、阿霞忠贞的爱情，他们依然朝夕相伴，四季相守。

后人为了纪念阿丹、阿霞不畏强暴、宁死不屈的爱情故事，用阿丹、阿霞的名字，把这里的山命名为丹霞山。

丹霞山

丹霞山是世界上"丹霞地貌"的命名地。丹霞山由680多座顶平、身陡、麓缓的红色砂砾岩石构成。据地质学家的研究表明：在世界已发现的1200多处丹霞地貌中，丹霞山是发育最典型、类型最齐全、造型最丰富、景色最优美的丹霞地貌集中分布区。

铁拐李踢落星宿

到广东肇庆七星岩游玩，细心的游客会发现，阆风岩上有一个大脚印，脚印旁有一个洞眼。这是怎么一回事呢？

相传在很久很久以前，有一次玉皇大帝决定在天庭

❀ 不拘小节的铁拐李

大摆筵席，欢宴百神。时辰未到，各方神仙就早已在南天门外等候：有能歌善舞的七仙女，有神通广大的八仙，嫦娥抱着玉兔，北极仙翁携着北斗七星，神仙们纷纷腾云驾雾而来。佳期吉时一到，钟磬齐鸣，鼓声咚咚，仙乐缭绕。神仙们在天庭里落座，忽闻一股异香扑鼻，只见酿酒大仙正命小厮将一坛坛美酒呈上席来。嗜

酒如命的铁拐李早已嘴角流涎，他迫不及待地自倒一杯，一饮而尽。同伴吕洞宾扯他衣角劝道："玉帝还未先饮，何必如此猴急？"铁拐李咂着嘴说："错过这等好酒不喝，枉为一世神仙！我老拐可不管那么多！"说完扬起脖子又是一杯。

宴席上佳肴美馔、蟠桃仙果，应有尽有，神仙们觥筹交错，好不热闹。铁拐李只顾喝酒，不知不觉已耳红脑热，光秃秃的大脑门油光可鉴。这时，他摇摇晃晃地站起来，挂着拐杖挨到北极仙翁的身边，欲与之碰杯。北极仙翁也爱美酒，但从不贪杯。此时，他正端起酒杯细细品尝，七件宝贝——北斗七星就摆在身后。谁知铁拐李醉意正浓，一个趔趄，竟一脚踩在北极仙翁的宝贝上，更要命的是拐杖还在上面挂出了一个深深的洞眼。见此情景，北极仙翁心疼不已，哎呀呀地连声叫唤。

"几块破石头，值得如此大呼小叫？改天我赔你就是。"

"你如何赔？你不过是个瘸腿的乞丐，赔得了我的宝贝吗？"北极仙翁气急败坏。

铁拐李平生最忌讳"瘸""乞丐"这些字眼，但凡被别人戳到痛处绝没有轻饶的。只见他涨红着脸，二话不说，抬脚就向北斗七星连番踢去。北极仙翁的宝贝就翻着跟头坠入云雾，瞬间不见了踪影。

北极仙翁气得七窍生烟，指着铁拐李半天说不出话来，然后一拂袖驾起祥云就往北斗七星消失的地方赶去。

宴会上一阵骚动，玉帝也被惊动了。北极仙翁很快回到了天庭，他径直走向玉帝，声泪俱下地诉说所见。

原来北斗七星落在人间一个叫端州的地方，已化作了七座山岩。玉帝闻知也十分生气，便与北极仙翁一同前往端州看个究竟，打算回来后再好好惩罚铁拐李。

谁知玉帝到了端州，看见湖水怀抱着七座岩峰，山清水秀，景色如诗似画，更胜天上仙境。玉帝不但怒气全消，更因多了一个游乐的好去处而高兴，便对北极仙翁说："这里真是天地难寻的好地方，就此算了吧！你少了的七颗星星，就叫女娲娘娘替你炼过吧！"北极仙翁听见玉帝如此一说，只好遵命，铁拐李也因此逃过一劫。

如今，天上的北斗七星依然璀璨夺目，端州的北斗七星则成了岭南的一处人间仙境，被称为"七星岩"，铁拐李留下的大脚印和洞眼至今还清晰可见。

鼎湖山

鼎湖山是岭南四大名山之首。因地球上北回归线穿过的地方大都是沙漠或干草原，所以鼎湖山又被中外学者誉为"北回归线上的绿宝石"，与丹霞山、罗浮山、西樵山合称为"广东省四大名山"。

二龙化罗浮

　　在很多年以前，罗山与浮山并不是同一座山，浮山是浮在东洋大海里的一座小岛。浮山上住着东海龙王的女儿青龙公主，美丽的青龙公主非常寂寞，无人可以做伴谈心，整日郁郁寡欢。

　　这天，青龙公主打扮成村姑模样，来到罗山散心。只见一个身强力壮、粗眉大眼的后生在掘井。但是，刚掘出一个小坑，坑里很快又自动填满了土。龙女十分奇怪，问那后生这是怎么回事。

　　后生告诉她，自己是南海龙王的儿子，叫小黄龙。这里前不久大旱三年，江河枯干，禾苗不能栽种，老百姓眼看全要饿死。他求父亲降雨救百姓，父亲说这是东海龙王管的事，没有东海龙王的兵符雨牌，谁也不敢动。小黄龙于是去求东海龙王，东海龙王不但不答应降雨，还骂他多管闲事。他发誓自己掘井，东海龙王却叫他掘不成，所以他刚掘出一个坑，又自动填满了土，这都是东海龙王在使坏。

　　青龙公主听了，对自己父亲的做法很不满，同时也被小黄龙的善心所打动，于是和小黄龙一起掘井。小黄龙又告诉她，东海龙王说了，只有出现二龙戏珠的景象才有水。青龙公主立即跳入海中，变成一条青龙，小黄龙也跳入海中，变成一条黄龙，同戏一颗斗大的龙珠。顿时，他们刚掘的井里就咕嘟嘟喷出水来，流成了一条大江。

　　老百姓得救了，高兴得欢声歌唱。青龙公主也和小黄龙结为夫妻。

　　东海龙王知道之后大怒，马上将青龙公主抓回去，囚禁在浮山上，令手下看守，一步也不准离开，还用铁链将小黄龙锁了，打入罗山一口万丈深井里。青龙公主思念小黄龙，每日以泪洗面。天神为他们之间的真情所感动，发出雷鸣电闪以示关怀；大海为他们之间的真情所感动，翻起惊涛骇浪以表赞叹。

◆ 罗浮山的美景

力大无穷，驮载浮山的巨灵神龟，在一个夜晚，趁守山的神将不提防，驮着浮山，劈波斩浪，向南海悄悄浮去。罗山下万丈深井中的小黄龙突然感觉到青龙公主的气息正在向自己靠近，力气陡长，挣断铁链，冲出深井，终于见到了相别已久的青龙公主。罗山、浮山也因此合二而为一。

小黄龙再也不想与青龙公主分离，他们决定千千万万年都要相守在一起。于是山呼海啸，天崩地裂，在电闪雷鸣中，小黄龙化形为罗山主峰飞云顶，青龙公主则化为浮山峰顶的上界三峰。

后来，东晋时期著名药物学家葛洪来到罗浮山中，他觉得罗山、浮山两峰巅若即若离，有些违背小黄龙与青龙公主的意愿，就请人修了一条铁桥，铁桥化为铁桥峰，横贯罗山、浮山两峰巅之间，使两山结合在一起。后世人们就合罗山、浮山而称为"罗浮山"。

🔸 东晋的葛洪

罗浮山

罗浮山是我国道教十大名山之一，位于惠州市博罗县长宁镇境内，地处岭南"旅游休闲走廊"的中心地段，是构成"广州—香港—惠州"旅游金三角的支撑性景区和代表性景区。罗浮山已被国务院批准为第五批国家重点风景名胜区之一。

一只小小的泥鸡，寄托着小孤儿无限的哀思；一碟美味的糕饼，彰显了一个小佣女过人的聪慧；野火烧毁的家园中，竟能意外发现陶器烧制的秘密。

劳动人民不断寻求改善自己生活条件的方法。他们的经验和智慧，凝结成一个一个完美的形式。现实与幻想的结合又成就了一个一个美丽的传说，使后人获得愉快，使人们更加热爱生活。

风物灵秀

开平的镇濠泥鸡

　　开平市水口镇联竹乡镇濠、茂竹两村制作的泥鸡玩具，已有二百多年历史。泥鸡外形古朴，价格便宜，深受人们的喜爱。

　　传说在很久以前，镇濠村有个财主，家里雇有一个小长工。小长工父母双亡，是个孤儿，身边养了一只漂亮的小公鸡。他们人鸡相伴，形影不离。一次，孤儿不小心把半斗黑豆和半斗黄豆混在一起了，财主限他一个早上将两种豆分开来。孤儿正在发愁，只见小公鸡喔喔地叫唤，全村的鸡都聚拢过来了，公鸡拣黑豆，母鸡拣黄豆，不到一个时辰便拣好了。

　　有一天，村里来了一个阉鸡佬①，他进到村里东瞧瞧、西看看，鬼鬼祟祟。到了晚上，他悄悄躲到了财主家的后院中。原来，这个人并不是一个真的阉鸡佬，而是一

────────────

　　①阉鸡佬：具有阉鸡技艺的人。小公鸡阉割后，就称阉鸡，性情温和，肉质更肥美。

伙强盗派来的密探。这伙强盗密谋在当晚洗劫村子，派出匪徒扮成阉鸡佬潜入村中做内应，约定三更时发出鸡叫声为号，外攻内应。

头更①刚过，准备回窝休息的小公鸡来到后院，一眼就看到了躲在后院鸡笼边的"阉鸡佬"。它马上引颈长啼，霎时间满村公鸡啼叫响应。"阉鸡佬"扑上去，抓住小公鸡，一下就把它掐死了。

此时夜未深，人未睡，满村的公鸡突然啼叫，村里人都感觉惊讶，纷纷开门出来，看到正在逃窜的"阉鸡佬"，当场把他捉住。躲在村外的强盗看到信号，以为时机已到，向村子冲来。刚到村口，就看到村里家家户户点着灯，听到村里人声鼎沸，知道计谋暴露，急忙掉头撤走了。后来"阉鸡佬"供出实情，村里人惊叹不已，厚葬了小公鸡。

失去小公鸡的孤儿非常伤心，为了寄托哀思，他用泥捏成小公鸡的样子。村里人见了，也纷纷捏起泥鸡来，还互相比较、争胜，代代相传，几经改进，越做越精巧。人们捏出来的泥鸡用手推能咯咯地叫，用口吹能喔喔地啼。

泥鸡头部下前方和尾部左侧各有一个小孔。用嘴对尾部小孔一吹，泥鸡便引颈啼唱，形状与声音和真鸡无异。

①过去的"打更"，"一更"也就是"头更"，是应该收市的时间；"二更"就该睡觉了，半夜是"三更"，"五更"鸡鸣，早上该起床了。根据半夜三更来推算，头更应该是晚上7点到9点之间。

用右手拇指按住尾部小孔频频抖动，还会发出如母鸡生蛋下窝时的咯咯声，工艺之巧，令人赞叹。海外华侨、港澳同胞也爱捎几只回去，作为家乡特产馈赠亲友。

🐤 手工精美的镇濠泥鸡

泥鸡夫妇

在开平市水口镇联竹乡镇濠村，有一对"泥鸡夫妻"，夫唱妇随数十年，每年坚持制作泥鸡玩具。在当地，说起泥鸡，人们自然会想起福伯福婶。几十年来，每逢年晚，福伯福婶就手工捏制泥鸡，供应给来自江门、台山、恩平、新会、鹤山、广州等地的商贩，一些海外华侨还专程购买数十个泥鸡回去，感受那段淳朴快乐的孩童时代。

小和尚与"白云猪手"

"白云猪手"是粤菜中的一道名菜，流传至今的，除了它的好味道之外，还有它那有趣的传说。

相传古时，白云山脚下有一座寺庙。寺庙中住着一老一小两个和尚。寺庙后有一股清泉，那泉水甘甜清冽，长流不息。小和尚调皮又爱吃肉，出家后没肉吃，实在馋心难忍。

有一天，他趁师父外出，偷偷到集市买了些猪手，跑到寺庙后面的清泉边，找了一个瓦坛子，就地垒灶烧煮。

猪手刚熟，不巧，老和尚化缘回来了。小和尚怕老和尚看见自己触犯佛戒，要受惩罚，慌忙将猪手倒进了清泉里。

过了几天，总算盼到师父又外出了，

🔷 白云山麓的云溪生态公园

小和尚赶紧到山泉边，将那些猪手捞上来。奇怪！这些猪手不但没有腐臭，经清冽的泉水浸泡数日，反而变得晶莹洁白，香气不减。小和尚将猪手放在锅里，再添些糖和白醋一起煲。熟后一尝，这些猪手不肥不腻，又爽又甜，美味可口。

🔷 风景秀丽的白云山流传着许多传说

不久，小和尚炮制猪手之法便在当地流传开来。因它起源于白云山麓，所以后人称它为"白云猪手"。

这传说还有另一种说法：小和尚把猪手倒进了清泉后，第二天，有个樵夫上山打柴，路过山溪，发现了这些猪手，就将其捡回家中，用糖、盐、醋等调味后食用，发现其皮脆肉爽、酸甜适口。后来，他炮制猪手的方法在当地流传开来，渐渐闻名遐迩，流传至今。

伶俐女巧制"小凤饼"

　　一百多年前，在广州河南五家祠附近，住着一个叫伍紫垣的老板。他喜欢结交朋友，家中天天宾客盈门，饮宴不断。伍老板家有个乖巧伶俐的婢女，名叫小凤。她看到平日宴客剩下很多肉菜，觉得非常可惜，就收集了起来，加些面粉和梅菜汁，压成饼块后，拿到附近的成珠楼饼家，请当点心师傅的叔父帮着烘干。

　　清咸丰年间初秋的一天，伍紫垣接待一位外地客人。

🔹 "成珠小凤饼"已经入选广东省非物质文化遗产名录

这客人很想尝尝广东的糕点，老板就叫小凤去成珠楼饼家购买。

　　不巧的是，饼家的点心师傅不在，小凤怕老板责备，情急生智，就把平时私下储藏的那些干饼拿出来招待客人。客人吃后，深觉甘、香、酥、脆、化，咸中带甜，肥而不腻，风味独特，大加赞赏，问此饼何名。主人也没有吃过这样的干饼，想到是小凤特制的，便随口说是"小凤饼"。

这件事情传出来后，成珠楼饼家真的做起了这种点心，那个点心师傅就是小凤的叔父。他参照小凤的制作方法，大胆地将搓烂的月饼、猪肉、菜心等混合为馅料，再调以南乳、蒜茸、胡椒粉、五香粉和盐，制作出甜中带咸、甘香酥脆的新品种"成珠小凤饼"，因其味异香脆而受到顾客青睐。

"小凤"广州人称为"鸡仔"，小凤饼的形状又很像国画大师齐白石老人笔下正在俯首觅食的小鸡雏，故"小凤饼"又称为"鸡仔饼"。

成珠楼

成珠楼起源于成珠馆，原本是一间不起眼的简易平房。清朝光绪年间，成珠馆归梁福和堂所有，成珠楼的发展，便是从这个时期开始的。成珠楼地理条件优越，位于广州河南三大集市的中心，并且近傍豪门望族的邸宅，著名古刹海幢寺又近在咫尺，故而食客不绝，连市外、省外、国外的过路客，也以一试成珠楼的精制饼食为快。

巧村妇自创老婆饼

广州有一家叫"莲香楼"的茶楼，那里的点心远近驰名，人人爱吃。茶楼里有位点心师傅是潮州人。

有一年，潮州师傅回乡探亲，想着自己在这里做点心，当然要带些莲香楼最知名的点心糕饼回去，让老婆孩子和家乡的亲友们享享口福。

他提着大包小包的精美点心回到家里，谁知他老婆吃了却说："你们莲香楼是广州赫赫有名的老店，做的点心也不过如此呀，还不如我的冬瓜角好吃呢！"潮州师傅一听，可不高兴了，心想你一个村妇，能做出什么好吃的，还敢挑剔广州的东西？

"你有能耐？把你的冬瓜角做出来尝尝，看看能不能与广州的点心比一比？"

"这有什么难！"

老婆见丈夫不信，马上洗手下厨。只见她将一锅冬瓜熬得稀烂，再加上白糖，撒进少许面粉，熬到半干不湿、清香滑嫩的时候取出锅做馅，再用面粉做皮，包裹成角状，放到油锅里一炸，哇！一盘焦黄油亮的冬瓜角就出锅咯！潮州师傅拿起一个，吃到嘴里，皮酥馅香，香甜可口，不禁连声叫道："好吃！好吃！好吃！"探亲结束，他又叫老婆做了一大包冬瓜角带回广州，给莲香楼的师傅们也尝尝。

莲香楼的师傅都是专门做点心的，什么样的精美糕点没见过？他们接过潮州师傅的冬瓜角，起初也没当回事，只是出于礼貌才品尝的。谁知，他们吃过之后不约而同地连声叫好。老板闻声也赶过来尝了一个，还以为是哪里的名点，忙问是什么地方产的，叫什么名字。

潮州师傅本来也只想让大家尝尝老婆的手艺，没当成

◆ 广州老字号"莲香楼"

大事，见老板询问，一时回答不上来，只好把回乡探亲，老婆赌气做冬瓜角的事说了一遍。听他这么说，一个师傅提议："既然没名，就干脆叫潮州老婆饼吧！"

莲香楼老板见这饼用料简单，制作也方便，味道清香，口感酥滑，觉得在本店点心谱中加上它，生意肯定不会差！打定主意后就在莲香楼制作潮州老婆饼。他还让点心师傅用料再精细一点，外形做成圆的，表面涂上一层鸭蛋清，入烘炉烤制而成。莲香楼老板给它起了一个雅号——"冬茸酥"，但老百姓私下里还是叫"潮州老婆饼"。

潮州老婆饼推出后，莲香楼的生意果然大好，潮州老婆饼的名气也愈来愈大。后来，老婆饼的制法还传到了香港和澳门等地。

🔹 老婆饼

"文房四宝"话端砚

广东肇庆市在古时候叫端州，这里出产的端砚是我国"文房四宝"的宝中之"宝"，千百年来，它与湖笔、徽墨、宣纸齐名，成为我国传统书房文化不可或缺的组成部分。

据《高要县志》记载，在现在的肇庆市高要黄岗村，很久很久以前就有开山采石的传统，岭南地区所使用的许多石狮子、石龙柱都出自这里的居民之手。

黄岗村住着一个手艺高超的顾姓石匠，他有一个聪明好学的女儿。顾石匠很疼爱这个女儿，经常用白石雕成小玩具供她玩耍。到了二十多岁，顾姑娘跟着父亲学得一手雕石的好本事。

有一次，顾姑娘跟着父亲到秀丽险峻的西江羚羊峡一带采石，无意中发现了一种紫黑色、质地坚实致密的石头，感到很新鲜，便凿了一块带回家，雕成周围刻有花纹的砚台。用这个砚台磨墨，墨汁晶莹润泽，不容易干燥。

她把这个新发现告诉了大家，村里的石工们在顾姑娘捡得紫黑石的那个地方，找到了这种石的矿藏，开始制作

🔹 雕刻精美的端砚

砚台并在市面上出售。用过的人纷纷说好，消息传开，许多文人书生争相购买。

到了唐贞观时期，有一个广东学子到长安（现在陕西省西安市）去赶考。考试的那天，天气异常寒冷，应考的人都冻得手指僵硬，好不容易磨好墨，铺开纸，举笔写文，墨汁却又结成了冰。他们只能频繁地停下手中的笔，呵气融开墨汁，写写停停，停停写写，文思被打断，字也写不好，弄得非常狼狈。

监考官看到这个情况急得大皱眉头，在考场内踱来踱去。他突然看到一个考生从容不迫，挥洒自如，大感奇怪，一看他的砚台里墨汁湿润，油润生辉，没有一点结冰的迹象，更是惊奇万分。

这位考生就是来自广东的学子，多亏他带得一方端砚。用端砚来研墨，天寒时节不结冰，天热时候不干燥。

考试结束，监考官叫住这个考生，得知原因，又见砚台温润如玉，当场用它研墨挥毫，写出来的字迹鲜亮夺目，果然是文房中的珍宝，于是立即上呈唐太宗。太宗龙颜大悦，将其点为贡品，并赐名"端砚"。

这一下，端砚立刻身价百倍，很快名扬天下。

佛山南狮驱年兽

在古时候，广东南海郡佛山镇忠义乡出现一头奇兽——身长八尺，头大身小，眼若铜铃，青面獠牙，头顶长着一个巨大的独角，嗷叫时发出"年——"的声音，乡人就把它叫作年兽。

这头奇兽在每年的除夕晚上出现，来去如风，见人就咬，见猪就吃，吃饱之后还在田地里打滚，田间的农作物被糟蹋殆尽。那奇兽力大无比，刀砍不入，枪打不中，可苦了当地的村民乡众。

乡民们无计可施，只能到祖庙中去祈求神灵的保佑。他们用竹篾和纸料，依照这头奇兽的形状，扎成奇兽头部的样子，再涂

🔥 贴门神曾经也是驱赶年兽的一种方法

上五彩颜色，供在祖庙的大殿里。一连七天，昼夜不断，诵经祷告。

就在第七天晚上，大家都累得趴下了，只剩下一个小道士正打扫大殿。突然，他听到大殿外传来"年——年——"的吼叫声。

那头凶猛的年兽从外面冲了进来！

小道士吓得躲到供桌下面，但又觉得很不安全，灵机一动，忙将兽头罩在身上。

小道士全身颤抖着站在年兽对面，那年兽也被眼前这个怪异的"家伙"镇住了。兽头上满是圆圆的小铜镜片，闪闪发光，年兽似乎有些害怕；小道士更害怕，脚都站不稳了，一个趔趄，撞在旁边的锣鼓上，"乒乓哐啷"，锣

🌸 新年时节人们举行隆重的舞狮活动

鼓跌在地上，发出一阵巨响。这一下，年兽真的吓坏了，转身跑出了大殿。

人们听到响声跑出来，揭开假兽头，小道士一边发抖，一边把刚刚发生的事情讲了一遍。

后来人们就用这个办法，扎出许多彩色兽头，又用各种形状，如方形、三角形的布织成兽身。到了除夕晚上，乡里勇士数十人装扮成年兽模样，其他人拿着锣、鼓等打得响的乐器，埋伏在田间的桥下面，等着年兽出现。

夜半时分，年兽在田间出现，众勇士一拥而上，击打手中的器皿，发出"锵锵"及"咚咚"之声，霎时间，声响震天动地，如雷贯耳。

年兽见了，吓得落荒而逃，从此销声匿迹，再也没有出现。

为了庆祝驱赶年兽成功及纪念扎纸兽头的功劳，乡民便于过年时节将它拿出来，在庙堂前、田野间、广场上舞动，舞狮习俗就这样产生了，因为狮是兽中之王，勇猛的代表，吉祥的象征。有的则称为舞圣头。这个习俗一直延续到现在。

现代竞技舞狮，由狮头、狮尾组成的单狮，在长10~14米，最高不超过3米，最低不低于0.8米的桩阵上，运用各种步形步法，通过腾、挪、闪、扑、回旋、飞跃等高难动作演绎狮子喜、怒、哀、乐、动、静、惊、疑八态，来表现狮子的威猛与刚劲。舞狮时会配以大锣、大鼓、大钹奏乐，狮的舞动要配合音乐的节奏。

在表演过程中，其舒缓婉转之处，令人忍俊不禁，拍手称绝；其飞腾、跳跃之时，让人胆战心惊而又昂然振奋。

"南狮"也俗称佛山醒狮，主要有文狮、武狮和少狮三大类。

文狮以刘备、关公做脸谱，武狮以张飞做脸谱。文狮表现为温顺而和善，武狮表现为勇猛而刚烈；少狮也就是人们常说的幼狮，憨态可掬，一般跟随文、武狮同场表演。

南狮在造型上极度夸张浪漫，威武雄壮，美丽活泼，形神兼备，比从前的"年兽"还威风百倍呢！

舞狮

舞狮作为中国特有的民俗，在漫长的历史过程中已经传播到世界各地，日本的狮子舞，据说引自中国，朝鲜的北青郡也有舞狮。舞狮亦跟随着华人移居海外而闻名于世。舞狮在马来西亚、新加坡、越南等地相当普行，受到大力推广。在英国、美国、澳大利亚、加拿大的唐人街，每年舞龙、舞狮都是必备的节目。

西樵山花神和茶仙

西樵山上山花烂漫，绿茶遍野，有花神，也有茶仙。

花神是谁？茶仙又是谁呢？

据《西樵山志》记载，花神是天上的天女。天女背着花篮，一路上腾云驾雾，把鲜花撒向大地，赐给人间。花篮里有杜鹃、百合、山栀、野菊、鸢尾、粉蝶、锦莺、桃金娘、野牡丹等。天女一路撒花，一路唱歌。各种花卉，落地生根，发芽散叶，抽蕊含苞，迎风开放。天女从天上飘过，地上便浮现色彩，显露生意，喷发芳香。

天女自北往南，过了五岭，便到了碧蓝无际的滔滔南海。天女见前面没有陆地，就拐了个弯，准备往西走去。

突然，海上钻出一条黑龙，腾上云头，吐出水柱，瓮声瓮气地向天女喝道："你的花，为什么不往海里撒？"天女回过头来，只见黑龙咧着嘴，舞着爪，突出的眼珠露出阴沉的光，于是忙解释："花，要长在深土中。水里不可以种花呀。""不管，不管！你必须向大海撒花！"黑龙蛮横不讲理。

天女懒得理他，自顾自往西边而去。

黑龙忽然吐出一道长水柱，向天女横扫过来。接着是电闪雷鸣，狂风呼啸，波涛翻滚。天女被大浪击中，从云头掉进海里，被如山的海浪吞没了。天女背着的花篮，被海浪浮起，漂呀漂呀，最后停靠在海岸的一个小岛上。这小岛，峰峦叠嶂，云壑幽深，绝壁撑天，泉石清旷，宜花宜鸟，可息可耕。

花篮里的花就在这岛上繁殖开来，或幽居谷底，或倚崖含笑，或深涧横斜，使小岛变成一个花枝不断、四时常新的天然大花篮。

以后陆地上升，海水消退，这小岛成为耸立在珠江三角洲上的孤独的山体，依旧保持着花的繁茂。这就是今天有村皆流水、无地不生花的西樵山。据说，西樵山山花烂漫，品种多达30多种，最为出名的是杜鹃、锦莺、白鹤、粉蝶、含笑、梅花、茶花和桂花，合称"西樵山八大山花"。

说完花神的故事，再说说茶仙曹松的故事：

话说唐朝末年有个诗人叫曹松，喜爱西樵山群峰闹翠，风光如染，就在山的东部黄旗峰黄龙洞下筑了个翠微石室隐居下来。西樵山一年四季青山苍翠，云雾缭绕，最宜种茶，只可惜当地缺乏茶籽。

当时，江南一带的茶籽是不准南传的。曹松从南方"飞榕"的成长中得到启发，得知榕树的种子给鸟儿吃了，能够借鸟儿的粪便在墙头上萌发新株，茶籽是不是也可以这样呢？他决定试一试。

他乘一次回故乡探亲的机会，把在黄龙洞饲养的一群仙鹤带到浙江顾渚山的茶场里。那里产一种紫笋茶，茶芽紫红色，是专供皇帝饮用的贡品。

曹松先把茶籽喂给仙鹤吃，然后瞒过搜查的官员把仙鹤带回西樵山来。从仙鹤的粪堆里果然发现了完好的茶籽，可是，茶籽种在土里后，始终不发芽。

曹松并不气馁，他又回到顾渚山，暗地里向茶场的一个老茶农请教。老茶农被曹松的苦心所感动，对曹松说："要到蓬莱仙山取回仙泉的水，浸泡茶籽，才能使它出芽成活。"

曹松谢过老茶农，从浙江沿海乘船北上，几经艰苦，来到蓬莱仙山上，一看仙泉，哎呀，早已干涸了！曹松非常失望，在下山的途中，遇见一个老人，他问："老仙翁，仙泉什么时候才能来水？"老人说："现在天气大旱，你在仙泉旁守候吧。只要见到东边祥云升起，你就往地上叩头，石缝里自有仙泉流出来啦。"

曹松再次登上仙山，跪在壁下，诚心守候。一直等了三天三夜，膝盖肿了，腰肢酸了，肚皮塌了，东边哪有云彩？只见烈日当空，草木焦黄，他的心发焦了，眼冒火了，一头撞在壁上。只听"咚隆"一声，说也奇怪，崖壁忽然开了一条裂缝，涌出一股清泉来。曹松高兴极了，马上拿起瓶子把泉水接住。

曹松取回仙泉水，浸过茶籽，从鹤粪里捡出的茶籽终于在西樵山发芽生长了。

他又教会当地山民种茶焙茶的方法，让他们以茶为业，使西樵山成为岭南最早的产茶区。山里人把这种茶叫作云雾茶。泡出的茶，味香如兰，先苦后甘。

后人为了纪念他，在山上建了一间"茶仙庙"。庙前有石碑刻诗云："南海有仙山，此山仙独早。根托蛟龙窟，翠抱蓬湖岛。云入天际青，人归尘外好。谁为隐者招？吾欲从之老。"

西樵山

西樵山是一座具有四五千万年历史的死火山，位于广东省佛山市南海区的西南部，距广州市68公里，是国家重点风景名胜区，同为森林公园和国家地质公园。西樵山总面积14平方公里，共有72峰，主峰346米。西樵山不单止自然风光秀丽，而且文化底蕴深厚，有"珠江文明的灯塔""南粤理学名山"等美誉。

🌀 西樵山风景

老鼠嫁女

　　佛山木版年画是我国华南地区著名的民间年画，它与天津杨柳青、苏州桃花坞、山东潍坊的年画齐名。佛山是中国四大木版年画生产基地之一，影响远及世界各国华人聚居地。

　　佛山民间有一幅木版年画叫《老鼠嫁女》——一队老鼠，从画的右上方向左下方走来，队伍的前面，有吹笛子的，有打锣鼓的，有提灯笼的，有举罗伞的。队伍的中间是一乘小轿子，里面坐着戴着凤冠的鼠新娘，由四只小鼠抬着走。还有一批大大小小送亲的老鼠，跟在轿子后面。整个队伍吹吹打打，大模大样，热闹得不亦乐乎。而画的左上角，有一只老猫，两眼只开只闭地看着老鼠送亲的队伍，津津有味地抓着一个鱼头在啃吃。

　　这年画是根据这样一个故事创作出来的：

　　这一年，在一所住宅里有一只馋嘴的老猫，因为偷吃了主人的两条鲮鱼，被主人痛打了一顿。于是，它痛下决心，要趁着老鼠嫁女的时候，一显威风，把住在这家里的

💠 《老鼠嫁女》的故事为人们提供了很多灵感

老鼠来个"一锅端",向主人立功赎罪。

鼠哥探听到老猫的这个打算,便告知众鼠。

消息在鼠族传开了,一下子,鼠爹鼠妈、鼠叔鼠伯、鼠婶鼠姆、鼠兄鼠弟、鼠姐鼠妹,个个都急得抓头搔耳,六神无主,来回折腾,吱吱乱叫,不知如何是好。

众鼠向观音菩萨叩了九九八十一个响头,向如来佛祖行了八八六十四拜,还免不了心惊肉跳,想不出好办法避过凶险。

可是,即将成为新娘子的鼠姑娘,一丁点担心也没有,整天高兴得又跳又笑!它躲在房间里戴戴凤冠,试试褂裙,一天打扮无数次,打扮一回笑一回。

鼠爹鼠妈埋怨起女儿了:"哎呀!再过两天就是除夕

了，你怎么一点也不着急呀？！你也想一下哦，有没有办法躲过这一关呀？"

鼠姑娘"吱吱"一笑："嗨，我的好爸爸，好妈妈，你们就别瞎操心了。女儿早就想好了一个万全之策，保证那天晚上不会出现危险。"

"真的？哎呀，你怎么不早说呀，我们都急坏了！快快快，说出来，我们听听。"鼠爹鼠妈急不可待。

鼠姑娘撒了个娇，才慢条斯理地说："哪个猫儿不偷腥呀？这只老猫我算是看透了，也是爱腥如命的！我们想办法多找几条鱼送给它，再加上几瓶酒，它还不迷糊了？有句话说得好，吃人家的嘴软，拿人家的手短，怎么也不能不卖个人情吧？嗯？"

鼠爹连连点头："好，好，好！"

鼠妈频频称赞："妙，妙，妙！"

大鼠小鼠一齐鼓掌，都说鼠姑娘的办法好！

于是，马上分派任务：那些鼠叔鼠伯鼠婶鼠姆、鼠兄鼠弟鼠姐鼠妹，有的去偷鱼，有的去盗酒，有的刺探老猫的动静，有的去偷笔墨和纸张，忙得团团转。

除夕这一天，鱼偷来了，酒盗来了，纸张笔墨也偷来了。大家找了个空儿，趁老猫不在，把那些鱼呀酒呀，通通转到老猫的窝盆边。

鼠姑娘还取过纸笔，铺开红纸，写了一首打油诗，放在"礼物"上面，那首诗是这样的：

"本宅小鼠嫁女儿，送来薄礼表心意。鲜鱼四条酒两瓶，猫伯慢用勿嫌弃。"

除夕，刚入夜，刺探老猫动静的鼠哥回来报告说：
"大家放心，我刚刚过去，看到老猫正在津津有味地吃
鱼呢！酒也喝了大半瓶，我还壮着胆子去捋了捋老猫的胡
须，它只是睁开蒙眬的醉眼，看了看我，又转回头，继续
吃鱼去了。"

鼠爹笑了，鼠妈笑了，鼠叔鼠伯鼠婶鼠姆笑了，鼠兄
鼠弟鼠姐鼠妹笑了，笑得最开心的还算是鼠姑娘，因为它
可以平平安安地当新娘子了。

老鼠嫁女送亲的队伍出发了，像长蛇一样，可热闹
啦！灯笼开路，罗伞领先，锣鼓响，箫笛鸣，新娘的轿子
在正中，大鼠小鼠走后面，吹吹打打，鞭炮不绝，一片欢
乐景象。

送亲的队伍经过老猫面前，这时的老猫已经完全醉
了，半睁半闭着眼睛，啃着嘴边
的鱼头，望着送亲的队伍傻笑。
它的决心，已经忘得一干二净。

于是老人们会说："大年
三十夜，老鼠嫁女时。"当晚，
人们会在屋角墙根点上灯火，给
鼠辈们照路；而老鼠也会在这个
晚上把出嫁的老鼠姑娘打扮得漂
漂亮亮，热热闹闹地办场婚礼。

🔹 佛山木版年画《老鼠嫁女》

鲛人泪

　　鲛人就是传说中的美人鱼。不要以为只有西方神话中有美人鱼，在中国的《搜神记》《述异记》《博物志》《山海经》《元史》等古籍中都有关于美人鱼的记载。传说鲛人在哭泣的时候眼泪会变成美丽的透明珍珠，被称为鲛人珠，是异常珍贵的宝物。

　　广东沿海流传着这样一个有关美人鱼的故事：

　　明朝的时候，有一个皇帝听说广东沿海盛产珍珠，就派了一个名叫毛量深的太监到广东专门采买珍珠。这个老太监是个出名的贪得无厌的大坏蛋。他一到广东就下了道命令：海面全部封锁，渔民统统不准出海，违反命令者，杀无赦！

　　渔民们不能出海打鱼，没了生活来源，家家受饿，户户逃荒，家散人亡，民不聊生。渔民们恨透了这个家伙，背后叫他"无良心"。"无良心"自己赶制了十艘大官船，把沿海健壮的年轻渔民都抓了过去，组成采珠队。

　　当时当地流传着这样一句话："出海去采珠，十去九不还。"因为，产珍珠最多的珠母海，正是鲨鱼和海怪出没的地方。

"无良心"可不管这些，他强迫渔民下海潜水，叫手下用缆绳缚住一块大石头，然后再把渔民系在石头上，抛入大海。为了防止他们逃跑，还在他们头上烙一个印子，标明他们是"采珠奴"。

"采珠奴"连着大石头沉到海底，遇上鲨鱼，就只剩下一缕缕血丝浮上水面；遇上海怪，被海怪的毒须触碰，就会全身浮肿而死；即使安全回到海面，身体不好的渔民也常常因为寒栗而亡。吓得人们成批成批逃亡他乡。

当时，广东沿海的一个小岛上住着一个叫林元的年轻渔民，他的父亲被抓去采珍珠，死在了海里。林元为了养活母亲，只能出去找些短工做做。

有一天，他正四处打听是否有人需要短工，不巧遇到了衙役陈七。陈七把他骗到海边，招来手下，将林元五花大绑拉上官船，不由分说在他脑门上加了一个血印子，把他变成了"采珠奴"。

第二天，林元被绑上大石头沉到海底。好在，林元从小在海边长大，在海浪中穿行，习得一身好水性。他用力挣脱了绳索，向海面游去。游着游着，他看到前面有几丝光亮，透过碧蓝的海水，把海底照得通明。

海底有红色白色的珊瑚树，黄色绿色的水草林，五光十色的小鱼群，美丽极了。林元向前游去，看到一个发出光亮的岩洞，突然一股水流从身后冲来，把他一下子冲进了洞穴，他脑袋撞在岩壁上，昏了过去。

当他醒来的时候，发现自己睡在一张水晶床上，床上挂着透明的珠纱帐，床前还坐着一个天仙般貌美的姑娘，手中捧着一碗琼浆玉液，正在喂他吃。

林元感激姑娘相救之恩，把自己的遭遇对她细细说了一遍。

姑娘说，她是一个住在海底的鲛人。如果林元不嫌弃的话，可以和她一起在这洞穴中生活。饿了，她会煮饭给他吃；渴了，她这里有琼浆美酒。林元就此便住下了。

渐渐地，林元爱上了这善良的鲛女，并和她结为了夫妇，还给她起了一个名字：珠娘。因为，在鲛女居住的岩洞石壁上镶满了珍珠，洞府中央还悬挂着一颗巨大的夜明珠。

很快，一年过去了。林元想念自己的老母亲，不知道自己离开后她怎么生活，是死是活，想着想着就流下泪来。珠娘知道原因后，马上对他说："我们明天就回去！"

"我们困在海底，怎么回得去呀？"林元担心地问。

"在海里，我们鲛人行动可以像闪电一样快。所以，带你回去很容易的。"

第二天，他们就回到了林元居住的小岛。

🦪 美丽的珍珠自古就是世间的珍宝

老母亲因为想念儿子，眼睛都哭瞎了，在岛上四处乞讨度日。林元和珠娘找到她，带回家中。珠娘把自己的唾沫涂在老母亲眼睛上，老母亲马上看得见了。三个人快快乐乐生活在一起。

可是，林元回来的消息很快就被陈七知道了。他马上报告"无良心"。"无良心"听说发现了一个逃走的"采珠奴"，当即派出一队人马，冲上小岛把林元夫妻一起捆到官船上。林元被关在船底的水牢里，珠娘被关在甲板上的舱房中。

夜里，林元扭断水牢闸门上生锈的铁枝，钻了出去，从海里逃走了；珠娘坐在舱房中，望着窗外洁白的月光，想着自己和丈夫不幸的遭遇，大滴大滴伤心的泪珠一连串落了下来。

"无良心"提着鞭子进来，正要鞭打珠娘，突然，他看到了舱房的地上满是洁白的珍珠，高兴得发了狂。他忙抱来一个珠宝箱，命令珠娘，每天都为他哭出一箱珍珠，如果不照办，就即刻打死她。

这时候，逃出去的林元投奔一个正与"无良心"对抗的首领义举大哥。义举大哥率领八千兄弟杀上官船，杀死了"无良心"，救出了船上的渔民兄弟。

战斗结束后，第一个冲上官船的林元和关在舱房中的珠娘却都不见了。大家对此说法不一，有人说，他们当时被火围困在船上，双双抱着跳进大海，变成了出双入对的比目鱼；也有人说，他们回到海底的洞府去了，过着长生不老的幸福生活。

野火锻出石湾陶

　　"石湾陶，景德瓷"，可以说是概括了中国陶瓷的精髓。

　　广东佛山石湾陶器以实用为原则，并将秀美与实用结合在一起，有着明显的艺术装饰特色，赢得了"石湾陶器甲天下"的美誉。但你可曾知道石湾第一件陶器是怎样出世的？

　　传说在很久很久以前，石湾这个地方，是四面环河的一片山丘，森林茂密，野草丛生，鹰飞鹤舞，野兽成群。

　　有一对从部落逃婚漂流到这里的夫妇，男的叫陈武，女的叫杨娇，见这里隐秘偏僻，就选择了石湾的北面（现河宕村），安家落户。

　　陈武首先把周围的野草杂树砍掉，然后伐木搭屋，杨娇在屋四周挖出壕沟，装上竹签，以防野兽侵袭。

　　平日里陈武出外打猎，杨娇在家剥兽皮做衣，削兽肉做饭。生活虽然艰苦，但他们相亲相爱，过着美满的幸福生活。

十年以后，这对勤劳的恩爱夫妇已有两个儿子、两个女儿。人口多了，为了防备荒年，他们需要在家里储备一些食物。于是，杨娇平日就在家里用树枝编织一个个圆筒形的箩筐之类的东西，在外表涂上厚厚的泥巴，晒干后专门用来盛储兽皮和烤熟的兽肉。

一天，九岁的大儿子慌慌张张地跑进屋来，脸色煞

白，大声叫道："妈妈，门外的森林着火啦！"

杨娇慌忙冲出门外，果然野火燃着了森林：满天禽鸟乱飞，遍地野兽飞窜，烈火映红了天空。

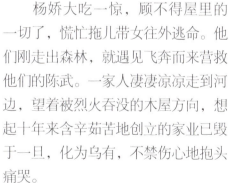

杨娇大吃一惊，顾不得屋里的一切了，慌忙拖儿带女往外逃命。他们刚走出森林，就遇见飞奔而来营救他们的陈武。一家人凄凄凉凉走到河边，望着被烈火吞没的木屋方向，想起十年来含辛茹苦地创立的家业已毁于一旦，化为乌有，不禁伤心地抱头痛哭。

大火烧了三日三夜才被一场倾盆大雨浇灭。陈武他们立即向家中奔去。

木屋和一切家私杂物已经全部

🌀 陶瓷见证了岭南的历史

烧成灰烬。但是有几个从未见过的

瓦缸瓦盘模样的东西却奇迹般地凸现在废墟的灰烬之中，杨娇惊愕地跑上去察看，不禁喃喃自语："奇怪，难道这是神仙的恩赐？"

当她发觉"瓦缸"里还有一道道树枝编织的痕迹时，才恍然大悟。她一边高兴地招呼陈武来看，一边喜滋滋地说："哎呀，原来泥巴同岗沙混合可以烧成硬缸硬盘呢！"

这一对劫后余生的夫妇和儿女们高兴地捧着原始陶器雀跃起来，这真是个不幸中的大幸——在这场大火劫难中，石湾的第一件陶器出世了。

聪明的杨娇夫妇就根据这种原理，专心制作起日用陶器，先是自己用，随后便挑去其他部落交换食物。

杨娇边生产日用陶器，边从想象中创作其他陶器。陈武也不去打猎了，带着两个长大成人的儿子砍柴筑窑烧制陶器，传之后世，直到现在。

造型生动的石湾公仔

东莞大汾"奉聘金龙"

　　在广东东莞四大名乡之一的大汾乡，有一座登龙桥。距桥不远有座红花庙，庙内保存着一个据说是东莞最早的、名震四乡的"奉聘金龙"的龙头。

　　这是一个木雕的龙头，香头已把龙头熏得褐黑，单从这点便可以看出当地人是如何把它奉若神明了。这龙头原被一条铁链锁在一个木架上，现在铁链已残缺不全。

　　相传在很早以前，大汾乡的能工巧匠要造一条龙舟。龙头怎么造法？几位巧匠没见过真龙是什么模样，正费思量，有位衣衫褴褛的老头路过这里，他说他可以精雕龙头。

　　大家便请他留下来。一连两天，老头都没有动手，只在打瞌睡。第三天，老头要走，大家都焦急地问他："龙头都没有雕呢，你怎么就要走啊？"老头微笑道："何必担心！何必担心！"然后扬长而去。

　　众人见他走了，只好回头再作商量。突然有个木匠发现老头留下一只盖着的瓦盆，揭开盖子一看，只见里面装着一个小巧玲珑的龙头！

说来奇怪，这小巧的龙头，竟会长大，把它放到制成的龙舟上，正好合配。龙舟安装上这个龙头，就像真龙在戏水，栩栩如生，威风凛凛。全村上下，男女老幼间便传开了仙翁下凡送龙头的奇谈。

有一年，东莞举行赛龙舟的盛会，当时正在东莞的一位皇姑也亲临观光，端坐在一座高高的彩楼上。夹江两岸，红男绿女，接踵摩肩，热闹非常。

比赛过程中，几条龙舟齐头并进，奋勇争先，不甘落后。忽然，从上游迎面冲过来一大排木材，眼看着向比赛的龙舟撞了过去，人们无不大惊失色。正在这千钧一发之际，只见大汾乡这条龙舟飞身而起，呼啦一声从木排上跃了过去。

🔴 水乡人民赛龙舟的精彩场面

　　两岸的人看得目瞪口呆，接着齐声喝彩！坐在彩楼上的皇姑也惊讶不已，立即命人精制了一面锦旗，将亲手书写的"奉聘金龙"四个大字绣在上面，赠给这条龙舟。从此，这"奉聘金龙"便开始扬名乡里。

　　由于"奉聘金龙"创造了奇迹，当地人便把这个龙头安放在红花庙内，当神龙供奉起来。附近的一座桥梁也被称作"登龙桥"。

　　想不到这龙头在庙内给人们供奉，年复一年，竟作怪成精。有一回，它出去糟蹋庄稼，农夫误认作母猪将它打伤。第二天，人们发现有血滴一路滴到庙内，才知道打伤的是"奉聘金龙"！人们怕它再出去闹事，就用一条铁链把它锁着，一直锁到现在。

　　龙船头

　　东江水域大部分村庄的龙船都有使用传统龙船头的习惯。无论龙船如何更新换代，都把旧龙头交给龙舟厂，制作时常按旧造新。东莞和广州新城不少地方都用传承龙头，尤其是广州市新塘镇的瓜岭、石下、大敦、旧心，东莞高村和东莞市中堂镇的江南村。传统龙头有代表性，一眼望上去便知道这个村的龙船。

畲族的"三月三"

在广东，生活着一个少数民族——畲族。

每年农历三月三是畲族的传统节日，传说这一天是谷米的生日。在这天，畲族家家户户都吃传统的乌米饭，村前村后都飘荡着清香。

🌀 邮票上的畲族人民

乌米饭就是用乌树叶子煮汤，然后用这汤将糯米浸泡半天，米捞起来以后放在容器里蒸。这种饭看上去乌亮亮的，吃起来却香喷喷。

为什么畲族"三月三"是谷米的生日，并且一定要吃乌米饭？

原来，在很久很久以前的一个三月，由于年前遭受虫害，收成不好，再加上山主加租增税，畲族人家家断粮。到了春天播种的时候，畲族人民就连谷种也没有了，山主幸灾乐祸，不但不借出谷种，反而放出恶狗，把前来求借的畲族民众咬伤。大家实在忍受不下去了，一天夜里，身强力壮的畲族汉子蓝天凤带着几个年轻的后生翻墙进入山主的大院，他们撬开粮仓，把谷种一袋子一袋子扛回寨子，连夜播种下去。

第二天，山主发现粮仓被盗了，就带着十几个打手，发疯似的冲到畲族寨子。为了使老百姓免于遭难，蓝天凤挺身而出。就这样，他被关进牢房，这天正是三月初三。

在地牢里，蓝天凤被打得遍体鳞伤。山主命令看牢房的牢头不准蓝天凤吃饭，想把他活活饿死。消息传出，畲族的父老姐妹们纷纷前去探监，他们用播种剩下的谷种打成米，煮成饭并捏成饭团送进牢里。可蓝天凤一口也没

❖ 每年畲族的"三月三"都会举行隆重的仪式

有吃到。这天，去地牢送饭的是畲山最出色的歌手种秀姑娘。这个聪明的姑娘想了个办法对付可恶的牢头歪嘴。

她挎着竹篓，竹篓里装着麻布袋，来到牢房。歪嘴一边不怀好意地看着姑娘，一边打开麻布袋，把手伸进去。突然，歪嘴大叫起来，接着手脚乱甩、双脚蹦跳，可是，竹篓口子小，甩了半天还是抽不出手来，疼得满地打滚。

原来，麻布袋里装的是又黑又大又毒的山蚂蚁。歪嘴被山蚂蚁一咬，当天就中毒一命呜呼了。

从此以后，畲家人就从山上采来乌树叶子煮汤，然后用这汤煮饭，煮成的乌饭远远看上去就好像抱成一团的山蚂蚁，那些被山蚂蚁吓破胆的狱卒就再也不敢吃饭团了。

蓝天凤天天吃乌米饭，不仅伤口愈合了，还添了不少力气。到了第三年的三月初三，蓝天凤终于被义军救了出来，并被推举为义军的首领。

为了让子孙后代记住畲家人的米饭来之不易，"三月三"被定为谷米的生日。谷米从白花花变成乌亮亮，好像穿了一件花衣裳，所以，畲山还有煮乌米饭是为了给谷米穿花衣裳、过生日的说法。

据说，畲家人通常喜欢穿的深蓝色麻布衣就是从这里悟出的道理。穿上这种衣服，不但可以防止日头毒晒，而且山蚂蚁也不敢叮咬。

刘三妹的歌喉一开，竟然能让天上的鸟儿停下翅膀、江中的鱼儿纷纷靠岸；曾在东海边卖"长生不老药"的郑安期，竟然就是秦始皇一直都没有找到的"千岁翁"！乐善好施，常常采药草下山治病救人的林玉云，她的修为和救苦救难的济世之心竟然感动了上苍，最后连她的小狗也一起修成正果，飞升成了真的神仙！

正义战胜邪恶，英雄历险归来，神话时代的英灵们，从来也没有离我们远去，一直就在我们身边。

人杰地灵

刘三妹出口成歌

　　肇庆七星岩的阆风岩下，有个钟鼓洞，洞里很宽敞，北边有白石台，当中悬着天然黄色神石，人们传说：它就是刘三妹哩！

　　古时候，有一批苗族人迁来七星岩一带居住。他们砍竹盖楼，定居白鹤乡，开荒种地，狩猎打鱼，当地官吏视他们为"野蛮人"，禁止汉人和苗人来往。刘三妹从新兴而来，路过这里，见有不平事，愤然引吭高歌，对汉族官吏做了辛辣的讽刺。苗家人热情地邀请她定居白鹤乡。

　　三妹七岁开始读书识字，十分喜欢唱歌，聪明到了学什么就会什么、看什么就懂什么、见什么就能唱什么的地步。她的歌喉一开，可以让天上的鸟儿停下翅膀，让江中的鱼儿纷纷靠岸，让路上的行人都停下脚步，忘记自己要去的方向。

❀家喻户晓的刘三妹

她用自己的歌声，歌唱春天，歌唱劳动，歌唱爱情，赞美美好的事物。

刘三妹自己设了一个歌坛，和各地的唱歌能手比赛，每赛结果，都是刘三妹获胜。刘三妹的声誉很快传遍了远近村寨。

当时，有个自称饱读诗书的老学究，载了一船歌书，要和刘三妹赛歌。老学究的船沿溪而下，刚好刘三妹正在溪边洗衣，那个老学究不知道洗衣人就是刘三妹，傲慢地说："请你们这里的刘三妹出来，有人载了一船歌书来找她赛歌！"

刘三妹举头一望，差点笑出声来。她立即拉开银铃似的歌喉，唱道："江边洗衣刘三妹，你有山歌唱过来，山歌自有从口出，哪有山歌船载来？"

刘三妹的山歌一停，那老学究没有急才来应付答歌，弄得抓耳摸头，进退两难。岸上看热闹的人越聚越多，人们七嘴八舌地冷言讥笑。老学究面红耳赤，只得急忙吩咐摇船的人快些掉转船头，狼狈地逃了回去。

三妹和苗家人心心相印，朝夕与共，一同上山砍柴斩竹，一同到田里耕耘播种，一同在树荫下纳凉歌唱。三妹清脆的歌声，使苗家儿女深深陶醉；苗家儿女的赤诚之心，也使三妹深深感动。

后来，刘三妹与白鹤乡一苗家青年猎手相恋，他们唱着情歌，登上高高的阆风岩顶，用动人的歌儿唱出久已埋藏在心底的爱。唱完了一首又一首，不知道口干不觉累，越唱心越甜，竟一连唱了七天七夜，最后"灵魂腾空飞九天，躯体化石立岩巅"。

从此以后，当地以农历三月三为歌节，纪念歌仙刘三妹，后代青年男女也在歌节上寻找属于自己的爱情。

正像山歌唱的那样：

> 一年一度三月三，
> 阆风岩下花如海。
> 口唱山歌寻知已，
> 串街看花情满怀。

🌀 山清水秀的肇庆七星岩

白鹅潭畔忆萧养

广州市的沙面、黄沙、洲头咀和芳村之间的广阔珠江江面，被称为白鹅潭。这里江面开阔，烟波浩渺。清朗月夜，和风吹拂，波光粼粼，渔舟唱晚，皓月映江。"鹅潭夜月"因此成为羊城八景之一。

鹅潭夜色，绚丽多彩，它的名字更有一段传奇的故事。

明朝正统年间，广州的官府欺压百姓，鱼肉人民，无恶不作。在广东南海冲鹤堡番村（今广东顺德勒流镇），一个姓黄的孩子被一游方和尚收养，并跟随和尚学医习武。和尚俗姓萧，孩子因此得名：黄萧养。

正统十一年（1446），珠江三角洲雨涝成灾，农田失收，黄萧养带头抗租，因为打了强占农民粮食的土豪恶霸，被官府抓进了大牢。他出狱后流落各地，为贩运私盐的商人当佣工，结交了不少英雄豪杰。

黄萧养因参与海上武装走私再度被捕，被定为死罪，关在广州狱中等候执行。黄萧养不甘坐以待毙，联络难友，伺机越狱。正统十四年（1449）春，恰巧他在狱中所睡的竹床皮色转青，长出竹叶，同狱一位江西商人向他道贺，说是"死里逃生"之吉兆。

众难友都欢欣鼓舞，事先托人将一把利斧藏在送饭的桶中带进了狱中。三月初八深夜，黄萧养用利斧破开囚械，打开牢门，170名重囚蜂拥越狱，黄萧养挥斧断后，率众追赶的官吏不敢近前。于是，队伍径奔军械局，夺了武器，撞开广州东城门，登上预先停泊在江边的船只，扬帆出海。他们在珠江岸边造船和训练队伍，一个月后，起义军壮大至一万余人，控制了桂州、大良、龙江等地。义军威震珠江三角洲。

第二年夏，黄萧养率五百余艘战船进攻广州。明将张安带兵在白鹅潭和义军激战。张安昏庸无谋，被义军打

❋白鹅潭位于三江交汇处

🌸 烟花映衬下的白鹅潭夜景

败，最后溺水身亡。明都指挥使王清率军增援，也中了埋伏，被义军活捉。广州变为孤城，龟缩在城内的官吏只好"相顾涕泣"。

义军壮大到10万人马，黄萧养"顺天意，合民情"，号称"顺天王"。后来，明朝统治者调了广东、广西和江西三省的兵力进行反攻。景泰元年（1450），两军在珠江决战，战斗十分激烈。义军寡不敌众，黄萧养身先士卒，在激战中，不幸中了敌人的流箭，落水牺牲。传说黄萧养中箭坠水时，江中深潭浮出两只巨大的白鹅，背着身负重伤的英雄冲出重围，向远方游去。

为了感谢白鹅和怀念黄萧养，广州人把白鹅浮现的那段江面命名为白鹅潭。

安期飞升白云山

　　白云山是广州的名山，这里峰峦叠翠，溪涧纵横，岩壑幽美。当风雨变幻之时，遥望山顶，白云缭绕，青山笼罩在茫茫的云海中，峨峨云山，银装素裹，白云山因此得名。

　　秦代时有一位姓郑名安期（也称安期生）的道士，本是琅玡郡人，曾在东海边卖"长生不老药"，被人称为千岁翁。相传，秦始皇为了求长生不老药，曾多次派使者寻访安期生，但始终无缘相遇。

　　公元前214年，秦统一岭南后，任命任嚣为南海郡尉。任嚣在白云山下建了一座番禺城，也就是今天的广州城。

　　在白云山上可以鸟瞰羊城美景

郑安期从东海南下羊城，隐居在白云山，在白云洞里修道。他见住在番禺城内的不少南下士兵和老百姓或因水土不服，或因居住环境差而患病，便在白云山上采集了不少草药，下山治病救人。

相传当时山里缺水，有一天，郑安期见九个童子在嬉戏。"哪来的九个天真活泼的小童？"郑安期正要上前询问，倏忽间，九个童子化作九条小龙飞腾而去，九童戏耍的地方霎时冒出源源不绝的泉水。郑安期恍然大悟：这九位童子是龙王的九个孙子。于是就把这汪泉水称为九龙泉。九龙泉泉水清澈，四季不枯，水流成涧。今天，你登上白云山，仍然能喝到甘甜的九龙泉水。

农历七月二十五日，郑安期为医治城内的患者，到白云山的溪涧中采撷一种珍贵的草药——九节菖蒲。他越岩涉水，来到云岩旁，经过多次寻觅，终于发现悬崖上有一段九节菖蒲。

他抓住沿着山崖生长的葛藤向上攀爬，眼看伸手就能摘取到九节菖蒲，突然野藤断开，郑安期失手坠岩，跌下了无底深渊。就在这个时候，崖下忽然升起白云一朵，化为仙鹤，负着郑安期，冉冉升天而去。

后人为纪念郑安期，在山上建起云岩寺，有"安期飞仙台"，附近一块凌空突兀的大石被称为"鹤舒台"。每逢农历七月二十五日，广州市民便纷纷来云岩寺祭祀为普济众生而献身的郑安期。

贪泉难污吴隐之

根据史书记载，晋朝的时候，社会风气败坏，贪官污吏遍地。

广州是南方大港市，是珠玑、玳瑁、象牙等无数奇珍异宝的集散地，不少来广州市的官吏"一进广州城，便得三千万"。传说，在广州北面有一个石门，江水由此流经广州。石门有一泉流出，称为贪泉。官员从这里经过，饮了贪泉之水就会变成贪官。

◆ 贪泉

晋安帝隆安年间，吴隐之被派来当广州刺史。吴隐之是一名清官，当船经石门时，有人向他介绍起这里的贪泉。吴隐之认为，贪与不贪，是人的本性决定的。他下船喝了一口贪泉之水，并写下了这样的诗句：

古人云此水，一歃怀千金。试使夷齐饮，终当不易心。

他的意思是说：古人说这个泉里的水，只要喝一杯就会贪财千万。但如果让伯夷与叔齐来喝，这水绝不可能改变他们的高尚品德。

吴隐之到广州上任后，以清廉著名。他生活俭朴，每餐通常只有青菜，鱼肉难得吃上一顿。一名下属对他奉承谄媚，吴隐之就把他辞退了。吴隐之在广州任上三年，因为官清正，受到广州人民的爱戴。他离任时，依旧是两袖清风。但船至石门，忽然狂风大作，风急浪高，震得吴隐之不得安宁。

他想，我曾在石门写下"贪泉诗"，此刻离任，我自问无愧于心，何以会风急浪高呢？莫非随行有人贪赃？于是，他亲自下到船舱内，逐个检查随员的行李，但下属也无人贪赃。吴隐之又来到后舱，查问家人。他夫人说，在离开广州时，同僚家属曾赠送一个沉香扇坠，她觉得盛情难却，又是一件小礼品，就收下了。吴隐之马上叫夫人把沉香扇坠抛下江。

顿时，江面上风平浪静。而沉香扇坠落下的地方，忽然间升起一座沙丘，露出水面，人们称此为"沉香浦"，就是今天的"沉香沙"或"沉香洲"。

崔炜地宫①奇遇记

在唐朝贞元年间，著名诗人崔向的儿子崔炜到南海开元寺游玩。

这一天，正是中元节②，来烧香拜佛的人很多，寺内外人满为患。忽然，一个要饭的老婆婆不小心挤翻了一摊档的酒瓮，摊主揪住老婆婆又推又骂。

崔炜生性耿直，仗义疏财，他立即向前对摊主说："别为难老人家。她打烂你的东西我帮她赔给你。"说完，就要取出钱袋来付钱。谁知道，一摸才发现，自己身上一文钱也未带。于是，崔炜脱下衣服给了摊主，作为抵偿。

①地宫：就是帝王或高僧死后使用的墓地。
②中元节：农历七月十五是中元节，又称鬼节、盂兰盆节。

没想到，几天后，老婆婆突然找到崔炜，送给他一支越井岗艾①，并告诉崔炜："这个艾草是医治赘疣②的灵药，它还能给你送来一位美丽的妻子。"果然，崔炜用这支越井岗艾治好了许多人身上长的顽固肉瘤。

一天，他替一个姓任的富翁医治赘疣。病好后，任富翁非常高兴，说要酬谢10万钱给崔炜。崔炜坚决不要那么多钱。任富翁又摆酒设宴，留他在家里住了几天。

谁知，任富翁是个阴险毒辣的人，他恩将仇报，准备将崔炜杀掉祭"独脚神"。心地善良的侍女偷偷地把此事告诉崔炜，崔炜连夜逃出了任家。由于黑夜中看不清路，一个不小心，崔炜跌入了一个枯井中。

井里有一条大白蛇，嘴边长着个大赘疣，非常难受。崔炜用艾为白蛇去了疣。白蛇便背着崔炜在地下穿行，一直把他带到了南越王赵佗的地宫。

四位身穿古装的绝色美女在地宫前欢迎崔炜，她们说："我们南越王外出了，他留下国宝阳燧珠送给你，还要将一个姓田的美女嫁给你呢。元宵节晚上，你到蒲涧寺等着吧。"后来，有一只仙羊从天上降下来，崔炜骑上仙羊飞出地宫。

①越井岗艾：艾灸——即用艾草的叶子晒干制成药引，用时以火灸于病者穴位或患处；也有制成艾条熏灸的。此方法可以治疗急惊风、休克、赘疣、关节疼痛等。民间认为五月初五日采集的艾叶最好，其中又以越井岗艾为上品。
②赘疣（zhuì yóu）：皮肤上长的肉瘤。

　　元宵佳节到了，半夜里，空中传来悠扬的乐曲，四位女子送来了貌若天仙、举止文雅的田夫人。崔炜十分高兴。从田夫人口中，崔炜得知，她是齐王的女儿，那个老婆婆是仙人鲍姑，而井中的大白蛇则是郑安期升仙时的坐骑"玉京子"。

　　南越王赵佗为什么要送崔炜美女与明珠呢？原来，崔炜的父亲生前看见越王台败破，曾写下一首诗，当时广州刺史徐绅读诗后，很感动，就筹款重修了越王台。南越王于是就以此来向崔炜报恩。

✿ 南越王赵佗雕像

"西瓜园"中"马生角"

广州市越秀区同乐路附近有一个地方，曾经是广州日报社所在地，老广州都称那里为"西瓜园"，这是为什么呢？

从前，有一个名叫郭顺的赌徒，好吃懒做。他干理发这行，却无心学艺。理发时，不是把顾客的头皮刮破，就是连人家的眉毛也剃掉，弄得谁也不愿意光顾，所以他很穷，还时常挨饿。

有一年春节前夕，别的理发师傅都忙得不可开交，郭顺却闲得发慌，因为没人敢"帮衬"他。郭顺正发愁这个新年怎么过，这时，来了一个农夫打扮的人。只见他肩上扛着一大袋东西，在郭顺的理发寮子旁边，小心翼翼地把袋子放下，并说要理个发。

郭顺一边给来人理发，一边盯着墙角那个鼓鼓囊囊的布袋，心想："这是什么玩意呢？莫非是银元？"郭顺装作不小心，走过去踢了一下那布袋，只听得"晄"的一声响。那个农夫吓了一跳，从理发椅上跳下，更加小心翼翼地把那布袋放在碰不着的角落。

郭顺一看，更加觉得自己的判断没错，肯定是乡下佬带银元入省城办年货了。如果我将银元弄到手，不就可以过一个肥年了？郭顺顿时起了谋财害命之心。他见四处无人，乘农夫闭目之际，用剃刀往他脖子上一割，可怜这农夫就这样一命呜呼了。

郭顺解开布袋一看，目瞪口呆，袋里哪是什么银元，不过是拜神用的瓦灯盏。原来这个农夫入城探亲，乡亲们托他买些灯盏回去，他生怕打碎了，所以一路上非常小心，怎知却因此招来杀身之祸。郭顺这下可慌了，杀人是要偿命的呀！他匆匆忙忙地在理发寮子后面挖了个坑，把尸首连同灯盏一齐埋在坑里。

填土时，郭顺的心里在打鼓：这个农夫肯定死不瞑目，他的冤魂找我报仇可怎么办？我不如安慰一下这个亡灵吧。于是，郭顺用手指蘸着地上的血，在一块瓦片上写了几行字："你又错时我又错，灯盏何必用肩托？若要报仇时，除非马生角。"他将瓦片放在尸体上，盖上土，然后溜之大吉。

过了几年，这块荒地长出一株茂盛的西瓜苗，还结了一个硕大的瓜。

这一年，广州来了个知府，姓骆名秉章。一个大暑天，他微服出巡，路经这块荒地，正是汗流浃背，口渴非常，看见前面有间小屋，便叫随从前去讨水喝。怎知这寮子已经荒废。骆知府正在失望时，忽见寮后的瓦砾地上孤零零地长着一个大西瓜。

骆知府想，附近没人，这西瓜是无主之物，不如摘来解渴吧。

随从切开西瓜，却惊叫一声，只见里面流出的是一汪鲜血。骆知府想，莫非这里有冤情？便吩咐随从掘地搜索。结果挖出了那瓦片、灯盏和一具尸骨。

骆知府琢磨着瓦片上的那两句话："若要报仇时，

🌸 骆秉章

除非马生角。"本官姓骆，"马"字旁加个各，广州话"角"与"各"同音，莫非报仇的事就落到本官身上？身为父母官，我一定要将此案查个水落石出。

骆知府向附近百姓详细打听，不久便心中有数。于是马上行文，通缉捉拿凶手。郭顺杀了人后，逃回家乡避难，几年后见没什么动静，又回到广州，在赌场打杂。有一天，他赢了很多钱，正在高兴之际，骆知府的人马将他捉拿归案，原来输了钱的赌徒到衙门报案领赏，供出了他。郭顺一看那瓦片，便魂飞魄散，不得不认罪。骆知府判他斩首示众。

广州的百姓都说，农夫沉冤昭雪，正好应了"马生角"这话，后来人们便称这地方为"西瓜园"了。

乾隆皇帝与"广客隆"

　　古代信息不发达，皇帝要想了解民情，就得多到民间走走，乾隆皇帝就曾经"六下江南"。

　　话说，当年乾隆皇帝化名高天赐，带着一个随从微服下江南，在一间客栈与来自广东的捕快方魁相遇。那方魁不知眼前的是万岁爷，二两黄汤下肚后借着酒意，把家乡东平的小澳港大大吹嘘了一番。

　🌀 描写乾隆下江南情景的《乾隆南巡图》

当方魁说到十三行尾时，皇帝的随从很感兴趣，问道："什么叫十三行尾？"要知道，当时清朝实行了全面的闭关锁国政策，只有广州十三行开放对外通商，施行垄断进出口贸易。

方魁其实对"十三行尾"也是一知半解，喝多了酒，信口开河说："那是在阳江东南沿海的一个叫澳仔（当时小澳港也称澳仔）的小港口，你可别小看这么个名字，那可是一个好地方呀！"

一旁正竖起耳朵细听的乾隆皇帝感到很失望，随口说道："我还以为是一个什么繁华之地，原来只不过是一个小港口而已。"

方魁接口道："兄台有所不知，这小澳港可历来是海上丝绸之路的必经港口，列为广东六澳之首，商贾云集啊，你不去看一看，怎么知道呢？"

乾隆问道："上有天堂，下有苏杭，难道小澳港胜过苏杭？"方魁哈哈一笑："兄台看来真是有所不知了，难道你没听说过'小澳赚钱小澳花，未到小澳莫归家'这句话吗？那小澳的繁华可想而知了。"

这小澳有这么好？那方魁竟说可以赛过苏杭？第二天，乾隆便带着随从直奔小澳而去，决定去看看小澳的真面貌。

小澳背山面海，绿树成荫，海水碧蓝，景象别致。港内帆船云集，岸上车水马龙，商铺林立。乾隆赞道：果然是一个好地方呀！当下找了一间全澳位置最好的客栈

"广客隆"，放好行李后，就迫不及待地出门去到处游玩，发现这小澳果真是十分繁华，衣食住行，吃喝玩乐，应有尽有。

到了晚上，在酒楼里吃了很多刚刚从海里捞上来的美味海鲜，酒足饭饱之余，乾隆便考起随从来了："你知道这里为什么叫作十三行尾？"随从挠了挠头，又摇了摇头。

乾隆说："你看看这澳内渔栏、杉木、桐油、盐店、造船、海味、绳缆、苏杭铺、万生堂、酒米铺、饭店、客栈、日杂齐全，刚好是十三个行业，这就是十三行了。"

随从问："那十三行尾又是什么意思？"

乾隆笑着指了指酒楼旁边："这尾嘛，就是指这里还多了些游戏玩耍的地方了。"乾隆说着说着不觉叹道："这分明是大澳嘛，为什么要叫小澳呢？"

"广客隆"客栈的老板是读书人出身。这几天来，见乾隆举止不凡，谈吐不俗，知道不是一般客人，所以照顾得特别周到。一晚送水到客房时，请求乾隆留个墨宝。那

◆ 大澳海边的风光

乾隆正在兴头上，便一口答应："好吧，你明天来拿。"

老板第二天一大早亲自过来打扫房间，才发现两位客人早已离去，探头一看，只见桌面上果然留下龙飞凤舞的"大澳"两字，再仔细一看那落款，不由得浑身打哆嗦，原来题字的是当今的皇帝呀！

他连忙跪地谢恩，之后又急忙跑到当地衙门禀告。当地官员这才知道当今皇上曾亲自驾到，就在澳头建了个牌楼，上面镶上乾隆所题的"大澳"两字。

从此，当日的"小澳"便给御赐名成为"大澳"了。消息传开，那间"广客隆"客栈因为乾隆皇帝曾入住过，生意一直兴旺不衰，其他地方的客栈也纷纷仿效挂起了"广客隆"这个招牌。直到现在广东许多地方的商铺都喜欢挂"广客隆"的招牌。

圣母娘娘林玉云

岩娘，也称圣母娘娘，她是潮州人信仰的一位女神仙。

据传，在元朝仁宗延祐年间，潮南县成田乡有一对林姓的农民夫妇，年过半百还没有孩子。农妇每年都向佛祖祈祷，祈求能得到一个孩子。

这一年，农妇突然有了身孕，夫妻俩高兴得不得了。就在孩子将要出生的时候，一阵红光笼罩着屋里，满室异香，人们还听到钟鼓音乐的声音。

孩子生下来取名玉云，又名九姨。她幼年的时候很喜欢读诗书，而且能过目不忘。她还有一个与众不同的地方：从来不沾肉类，只吃素食；还常常借礼佛许愿之名，到附近庵寺聆听佛法，领悟禅理。

林玉云长成亭亭玉立的少女时，她的才学和美貌开始远近闻名。潮南庐岗镇财主吴老太的孙子倾慕玉云的才貌品德，托媒人前来说亲。玉云的父母同意了这门亲事。

林玉云知道这件事后，开始闷闷不乐，渐渐生出离家归隐山林的念头。一年后，就在吴家花轿前来迎娶的前一天，林玉云带着一只狗和一口饭锅离家出走。

　　为了选择一个合适的地点弘扬佛法，她带着小狗，一直向西面前行。一日，路过利陂村，太阳快要落下，村里的人们仍在地里忙着插秧。路边十几个农夫眼见秧苗快要插完了，正要松一口气，忽见一位美丽少女带着一只小狗匆匆赶路，几个好事的便议论开来："一个女人怎么和一只狗在一起呀？""这么漂亮的小姑娘怎么一个人跑出来了呀？""今晚你要在什么地方歇宿呀？""不如来我们村里借宿吧！"七嘴八舌，好不热情！

　　林玉云听后回答说："你们不好好插秧，只顾乱说闲话，恐怕月上竹梢，田里的秧苗还插不好咯。"

　　他们听了哈哈大笑："你就别操心了！我们这么多人，只差一个田丘角就完工咯。"

　　林玉云笑了笑，看见路边有一只破草鞋，便顺脚把破草鞋踢下水田。霎时间水田里出现了一条大鲤鱼，大家见了欣喜若狂，东挡西赶，手按脚踏，把已插得整整齐齐的一丘田搞得乱七八糟。

　　正一片混乱时，成十斤的大鲤鱼突然又无影无踪了。当大家冷静下来时，秧苗已毁掉很多，只好返工，直到月上竹梢才把秧重新插好。

　　林玉云最后到了深溪翠峰岩，住进一个石洞里。她的叔父一路打听，也来到了这里，想劝说侄女回家，听从父母之命。

　　见叔父到来，林玉云便拿出锅来准备做饭。叔父见这里地处高山之巅，并无人家，林木蔽天，人迹罕至，心

想，侄女能煮什么给我吃呢？

只见林玉云捡石头放在锅里，加盖后，吩咐叔父烧火，她还说："要等芋头熟了才揭开锅盖取食。"说着就走出了山洞。

叔父按照吩咐把火烧起来。他想：这里哪来芋头？分明是些小石头呀。过了一会儿，他将信将疑地揭开锅盖一看，奇迹出现了：锅里确是芋头。取出来一尝，熟的部分松香可口，但未熟的部分却是坚硬的石头。

又过了片刻，林玉云回来了，老远就说："好了，不用烧火了！"但到近前，才知叔父是未到时间就已经开盖，芋头夹生，石头未化。林玉云与叔父烧芋头的地方，后来被称作"鼎坞石"，至今鼎坞痕还很明显。

林玉云的叔父吃完夹生芋头之后，还是继续劝说林玉云回家，对她说："你看这里处在高山顶上，连一滴水都没有，你怎么生活呀？"

林玉云说："心诚石开，龙泉水涨！"随手一指，山下石旁立现一石眼，有清泉涌出，很快流成一个小水潭，水清见底。后人称此为"龙泉"，并刻石为记。叔父见她指石成泉，惊异非常，还是苦劝侄女回去，共享天伦。

林玉云不语，俯身在泉水旁栽了一棵树苗，口中念道："身是菩提树，心如明镜台。"只见此树的叶子形状很像橄榄树，树干又像是龙眼树。接着，林玉云指树对叔父说："此树春天落叶，夏秋冬枝叶繁茂，名叫'不知春'。"叔父听后，顿时也被侄女感化，最后随她一同出家了。

　　隐居后的林玉云乐善好施，常常采药草下山治病救人，山下的乡民把她当作神仙一样看待。她的修为和救苦救难的济世之心感动了上苍，最后连她的小狗也一起修成正果，飞升成了真的神仙。

　　人们感念她的功德，建起庙宇供奉她。这件事传到了当时的朝廷，元帝敕封她为"翠峰岩林九姨娘娘"。后来，有人传说玉皇大帝封九姨为"母后圣母"，人们又称岩娘为"圣母娘娘"。

　　后来，乡民把她"羽化飞升"的农历十一月廿七定为"圣母娘娘"的诞辰，隆重祭拜。

🔹 潮州翠峰岩风景区

陈伯卿卖身娶五娘

潮州城里西门外有一庭园名叫"蔚园",园里繁花似锦,美景迷人,人们都美称它为"花园"。蔚园园主名叫黄九公,是潮州城里的一个大富翁。黄九公养育着一个天姿国色的闺女——黄五娘。

某年元宵佳节,潮州街上,张灯结彩,锣鼓喧天,川流不息。福建泉州才子陈伯卿(他在家中排行第三,左邻右舍皆称他陈三)送哥哥嫂嫂到广东南部去做官,路过潮州,也出来赏灯游玩。花灯之下,陈三遇见五娘,两人一见钟情。

再说,在潮州城还有一个富豪,儿子叫林大,当晚也在灯市惊见五娘的美貌,回去后,马上托媒人送聘礼要娶五娘。五娘的父亲黄九公贪图林家的钱财,同意了婚事。

到了这一年的六月,五娘与婢女益春在绣楼赏夏,吃着荔枝,五娘想起灯下遇见的陈三,想着他现在也不知道在什么地方,是不是也在想着自己?正满腹伤感,突然看到远处,陈三正骑着马四处张望。两人远远对望,双方看清正是灯下人。五娘马上将绣着荔枝图案的手帕从楼上投下。陈三拾得荔枝手帕，喜出望外。

过了几天，陈三化装成磨镜匠来到黄府，假装替黄家磨镜，乘人不觉，故意将宝镜打破。黄九公大怒，陈三乘机表示自己愿意卖身为奴，以赔宝镜。

五娘当然知道陈三为什么来到自己家里，真是又喜又怕。但是，她又知道自己没有能力摆脱与林家的婚事，所以不敢和陈三接近，天天心烦意乱，吃不下，睡不着。

陈三卖身黄府后，见五娘总是若即若离，不敢接近自己，非常失望。一年后，他彻底失望了，收拾行装准备离开。婢女益春知道后，前来相劝，让陈三写一封信给五娘。五娘看了陈三的信，知道了他的心，深受感动，马上让益春带陈三来相见。两人山盟海誓，立誓永不分离。

🔹 戏曲中的陈三和五娘

之后，陈三带着五娘，在益春陪同下，离开了黄家。回到陈家后，陈三终于如愿娶得了五娘。

后来，"陈三五娘传说"就在潮汕地区、闽南、台湾等地广泛流传开来。这两人的爱情传说不仅被改编成为戏剧，更以歌谣、小说、说唱等形式广泛流传。传说中的陈三、五娘、益春、林大等主要人物已成为潮州男女老少皆知的人物形象。

悦城龙母

秦朝的时候，广东德庆悦城还是一个小小的村庄，村里住着一个单身老渔翁。老渔翁是个非常和善的人，尤其喜欢小孩子。他每天都到西江和程溪合流的地方去用罩捕鱼。

这一天，他又去罩鱼，看见从西江上游漂来一个黑木盆。木盆流进他的鱼罩，里面躺着一个眼睛乌亮，白净肥胖的小女婴。他伸手去抱，孩子就笑了。他像捡到天大的宝贝一样，呵呵大笑起来，抱回家里，起名亚女，当亲生女儿养了起来。

十年很快过去了，亚女虽然还小，但她聪明伶俐，又勤劳听话，家里所有的事情都会做，全不用老爹操心，因此老爹爱她如掌上明珠。

有一次，她叫老爹给她买来一架织布机。说来奇怪，她好像早就懂得使用似的，飞梭走线，没有半点差错，村里人个个称奇。一天，她到溪边去洗纱线，看到一道金光从水底射出，伸手一捞，摸上来一只西瓜大小、五彩斑斓、光芒夺目的蛋。回到家一说，老爹也说从没见过，不知道是什么，只是叫亚女好好收藏起来。过了七七四十九天，这只蛋突然爆开，里面出来一只壁虎大小、金鳞鹿角的小龙。它见到亚女就像孩子见到妈妈一样亲热，摇头摆尾，舔她的手指。亚女拿食物喂它，逗它玩耍。它乖巧地天天围着亚女脚边转，最喜欢和亚女去溪边玩。

小龙一到溪边，就会扑通一声跳进水中。别看它身量还小，在水中翻一个筋斗，溪流中就能掀起一丈多高的巨浪，溪流底部的泥沙也会翻上水面；小龙吐一口水能浇灌好几亩地；好几公里的水路，它转眼就能游个来回。

又过了八年，亚女长成了一个漂亮的大姑娘。这时候，她织出的布已经远近闻名：织花草，花草吐香气；织鸟雀，鸟雀会唱歌！

小龙也长大了，有好几丈长，身上的鳞片像金光闪闪的镜片。可是它性子变得越来越野：不是上天，就是下海，一条西江被它搅得像煮沸的水一样，天天波涛汹涌，污泥翻滚。渔民不能打鱼，牛羊都没有干净的水喝了。它成了

🔴 悦城龙母庙精美的建筑细节

当地的一大祸害。

村民天天来诉苦告状，亚女非常生气，给大家赔了许多不是。等到小龙回家来，她拿出一把剪刀，满脸怒气，叫住它。小龙很奇怪，自己从来也没有见过亚女这样严厉，顿时有些不知所措。

"你只顾自己快乐，翻江倒海，船不能走，鱼不能打，牛羊都没有干净水喝！牛死了，农民不能耕田种地，许多人就会挨饿。你犯下了这么大的错误，我现在要剪短你的尾巴，给你留个记号，以后看到自己的短尾巴就该知道自己不能再做危害人的事情了。"

小龙这才明白了，它顺从地让亚女剪短了自己的尾巴。这样一剪，小龙变成了"掘尾龙"。

"你每天就知道吃、玩、睡，这是不行的。牛吃草耕田，马吃草拉车，你要做点帮助人们吃饱穿暖的事情才行啊。"

"我做什么才能让人们吃饱穿暖呢？"

"你就去吐水吧。哪里缺水，你就去哪里吐水。"

掘尾龙一向很听话。它马上出发，到南海吸饱水，乘风驾云四处巡视，看到哪里的土地干旱，就在那里布云行雨，洒得禾苗青青、稻穗垂垂、草儿绿绿、牛羊肥肥。人们食物丰足，安居乐业，喜笑颜开。逢年过节，人们穿着亚女织的彩衣，舞动龙灯，欢天喜地。亚女与掘尾龙也满心欢喜。

亚女的故事传到皇宫，秦始皇要娶亚女为妃子，让她专给自己一个人织布缝衣。

　　大太监接到圣旨，备了两条大船赶到悦城，冲上岸来，不由分说，抢了亚女上船，扯起风帆就走。老爹年事已高，身体虚弱，经不起打击，活活被气死了。

　　这时候，掘尾龙正在天空巡视，见到地上的人们焦急地向他挥手、呼喊，它仔细一听，全明白了，马上像流星一样沿着西江直追而上，直追到现在的广西漓江，才看到载着亚女的船只。它扑下去，咬住船的缆绳，只一眨眼工夫，就把船又拖回了悦城。

　　大太监还不死心，又赶到悦城，想再一次抢走亚女。这一次，掘尾龙可不客气了，它用尾巴一扫，"呼"的一声，大船倒退了几十里，差点沉没。大太监吓得屁滚尿

🔹 人们为纪念善良为民的亚女，修建了龙母庙

流，再也不敢来了。

亚女却因为失去老爹，再加上一再受惊吓，没几天就在家中病亡了。人们把她埋在程溪的水口，掘尾龙在她的坟头绕了一圈又一圈，翻起了许多泥沙，把她的坟堆成了一座小山。人们称这座山为"龙母坟"，后来还加盖了龙母庙，纪念这位善良为民的好女子。

掘尾龙每年清明前后都会来给亚女扫墓。来时，乌云满天，狂风暴雨，西江人就会说："掘尾龙过江拜山啦！"

🌸 悦城龙母庙举办活动再现传统的龙母诞庙会民俗祈福仪式

南澳岛民奉地公

南澳岛渔民都敬奉土地神，但是南澳人一般只拜土地公公，原来这里还有一个古老的传说。

很早以前，台湾一对土地公公和土地婆婆，有急事想渡过海峡到南澳岛。他们走到海边，忽然看见一位妇女坐在树下痛哭，土地公公就走上前去问："你为什么在这里哭啊？"

那女人说她是海峡对岸南澳岛的人，和丈夫一起出海打鱼，遇到大风，船翻了，丈夫掉进大海淹死了。她一个人侥幸被海浪冲到这里，孤苦伶仃，身无分文，想在这棵树上吊死，却连绳子都找不到一根，所以就只能坐在这里痛哭。

土地公公听后，非常同情渔妇，想要赠送点钱给她，救人一命，却遭到土地婆婆的反对，她说："渔夫出海打鱼，遇到风暴，死在海底的，何止千千万万，你管得了那么多吗？我看你还是不要多管闲事，赶紧赶路，渡过海峡，到南澳岛去，免得误了自己的事。"

土地公公听后，对土地婆婆这种态度非常恼火。他只管拿出钱来送给渔妇，还耐心劝解她不要轻生，快回到家里去和亲人团聚。做完这些事情后，土地公公才气鼓鼓地，单独奔往南澳岛，把土地婆婆丢下了。

被救渔妇返回南澳后，把遇到土地公婆的事说给乡亲们听。从此以后，南澳人就只拜土地公公不拜土地婆婆了。

南澳岛

南澳岛距广东省汕头经济特区仅11.8海里，东距台湾岛雄160海里，北距厦门97海里，西南距香港180海里，处在这三大港口城市的中心点，濒临西太平洋国际主航线，地理位置十分优越。自古以来，南澳就是我国东南沿海一带通商的必经泊点和中转站，早在明朝就已有"海上互市"的称号。

✤ 广东南澳岛

惭愧祖师潘了拳

　　潘了拳生于唐宪宗元和年间，是梅县阴那山灵光寺的开基祖师。当地流传着许多有关他的传说和故事。

　　相传，潘了拳刚出生的时候，左手抱拳不张，他的父亲给他取名"拳"。三天后，有一僧人经过他家，他的父亲抱着"拳"站在门口，"拳"啼哭不停，十分可怜。僧人走过来，细细看了看孩子，连声念"阿弥陀佛"，取笔在孩子握拳的手背上写一"了"字。孩子握着的拳马上张开了。所以他又改名为"了拳"。

　　僧人对潘了拳的父亲说："此儿长大后必有长进，要好好照料。"临别时，婴儿对他莞尔一笑，只见那僧人祥云盖顶，金光万道，仿若佛祖降世，对孩子说："十七年后再见。"僧人又说："他会在阴那山五指峰开基、造化得道。"说罢飘然而去。

　　潘了拳在童年时期就曾显出神通。有一次，他对几个牧牛的小伙伴说："你们想到外地去游玩吗？"大家都说："想啊。"潘了拳便用一竹叶在地上画了一个大圆圈，把所有的牛都圈在里面，然后说："好了，你们闭着眼睛，跟我一起走。"说罢，这些小伙伴真的和他一起到外地云游去了。大家心里乐滋滋的，游玩了几天才回来。回来后他们看到牛儿还在画定的圆圈里面，吃得饱饱的，长得肥肥的，大家都感到很神奇。

潘了拳十七岁出家为僧，离开出生地福建，来到广东省大埔县，住到一位姓袁的人家中，一面修行，一面为当地群众办好事，还与袁家一个比他大两岁的女孩结为姐弟。

一日，他登上芒洲山极顶，西望梅县阴那山五指峰，有如拳伸五指，直插云端，观此处森林茂密，千峰环绕，碧水萦回，便决心到五指峰下结茅修行。

姐姐见他修行心切，和他一起来到阴那山。白天潘了拳劈山建造茅屋，姐姐在家做饭，送到工地给他吃，每天不管做多少饭，潘了拳都会全部吃光。姐姐可怜弟弟劳动辛苦，天天增加饭食，有一天竟然增至一斗（一斗重12.5斤）干饭，潘了拳照样吃得精光。

被云雾笼罩的阴那山，仿如仙境

🌸 潘了拳亲手种下的两棵柏树

　　姐姐觉得非常奇怪，第二天送饭时，将每天走在前面的黄狗关在家里，自己一个人直接来到工地。在工地帮助修建茅屋的仙人见有生人来到，立即化身遁去，有两个来不及遁去的，化作了稻草人。原来是仙人见潘了拳诚心修行，来显灵相助。

　　很快茅屋建好了，起名"圣寿寺"。潘了拳在该寺修行二十多年，为当地人民祈福禳灾，功德无量，但他还是感到自己没有能弘扬佛法，自度度人，心中实为内疚，自号"惭愧"。

　　潘了拳传到下一代时，他的门徒将茅屋改为砖瓦建筑，想雕刻师父的形象，承受香火。当时还没有照相技术，潘了拳生前又未留下画像，虽然找来了高手匠人，还是无从下手。

　　一天中午，匠人在似睡非睡之中，见一老僧来到面前，对他说你不是要刻祖师的像吗？看看我就可以了。匠人正想多看几眼，忽起一阵清风，老僧不见了。匠人惊醒过来，随即拿起刻刀，回忆梦中所见老僧相貌，一刀一刀地刻了下来。寺中老和尚见了，说果然活像祖师。

到了明朝，粤东监察御史梅鼎出巡视察，由潮安乘船到梅县，经过松口蓬辣滩时忽遇狂风暴雨，江水涌入船舱，船上的梅御史和随从们胆战心惊，挤成一团，船夫举篙失灵，船将覆没。就在这危急之时，忽然一声巨响，随即风停雨止。这时只见一位和尚登船而来，他手挥拂尘，合掌闭目，盘腿坐在船中，口中念念有词。霎时，船中的水尽退，风平浪静，化险为夷。

后来有一天，梅御史来到阴那山圣寿寺进香，见佛殿中央供着一尊木雕佛像，与船中所遇救命恩人一模一样，十分惊异。向寺僧一打听，才知他是圣寿寺的开山祖师潘了拳，四十九岁坐化成佛，称为惭愧祖师。梅御史听后，即拨出白银千两，扩建修寺，五年后工程竣工。梅御史念及惭愧祖师威灵光大，便将圣寿寺改名为灵光寺。

灵光寺存有对联一副，总结了高僧潘了拳的一生：

生闽地，化粤地，金身从万劫中，离色色空，入慧慧定，惭愧实不惭愧。

溯唐朝，迄明朝，佛法经千载后，禳灾灾息，祈福福临，祖师真是祖师。

房沙十三妹与瑶族长鼓舞

　　广东连南县世代居住着一个被称为"排瑶"的瑶族部落。这个部落中有一个勤劳英俊的青年，他叫唐冬比，是个孤儿，在山上盖了间草房居住。每天太阳一出来，他就上山砍柴，挑到街市去卖。他还练得一手好箭法，偶尔也能打些野物，卖了来帮补生活。

　　这一天，居住在天宫的盘古王的女儿房沙十三妹从天庭偷偷跑到凡间来游玩。她看见百里瑶山风光险峻、溪水奔流、群峰叠嶂，很是喜欢，便落了下来，在山间奔走嬉戏。

　　谁知，这峻美的山中藏着一条千年蛇精，它看到美丽的房沙十三妹，便偷偷游了过去，跟在她身后，想寻找机会吃掉她。房沙十三妹突然感到自己身后仿佛有动静，回头望去，只见一张吐着紫乌色舌头的大嘴正对着自己的脸，尖利的毒牙放出寒光——"啊！救命啊！"她吓得大声尖叫，身子向后急退，被树桩绊倒，摔在了地上。

　　唐冬比正在不远处打猎，听到女子的惊呼声，忙循声赶了过去。只见一条巨大的蛇卷住一名女子正欲张口吞咬，情况万分危急。唐冬比立即张弓搭箭，连发三箭击退了巨蛇，救下了女子。

房沙十三妹的腿受了伤，唐冬比将她背回家中，用山中的草药为她治疗。每天清晨，唐冬比去山上捡摘蘑菇或打野兔，为房沙十三妹滋补身子；夜晚，便唱起山歌为她解闷。房沙十三妹的伤很快好了起来。

经过与唐冬比的几天相处，房沙十三妹爱上了这位善良、热情的瑶族阿贵（瑶族人对小伙子的称呼），不久两人倾心相爱，结为连理。

房沙十三妹偷偷下凡一事很快被盘古王知道了，得知她还与人间凡夫俗子结为夫妻，盘古王更是怒不可遏。盘古王令雷公下凡，逼迫房沙十三妹回天庭。

雷公带着雷鸣闪电和倾盆大雨降临，房沙十三妹不能违背父亲的命令，只能与唐冬比凄然分别。临别时，房沙十三妹叮嘱唐冬比：你一定要快点赶到南山去，砍下琴树，制成长鼓，等到十月十六要歌堂时，打起长鼓，到时候，我们夫妻就可团聚了。

唐冬比谨记妻子的话，历尽艰辛，跋山涉水，战胜了途中的毒蛇猛兽，来到南山，寻得琴树，做成长鼓。等到十月十六盘古王诞辰这一天，他打起长鼓，跳出行、跑、跳、蹲、转、翻、腾、越以及砍树、削树枝等动作。他跳到第三百六十下的时候，身体冲天而起，像山鹰一样飞向了天庭。

　　瑶族人为了纪念唐冬比与房沙十三妹，依照他做的长鼓和跳法，每到农历十月十六耍歌堂就要跳起长鼓舞。"咚啪！""咚啪！"激昂的鼓声似乎是人们在呼唤冬比的名字。从此，长鼓舞在连南的瑶排（寨）如南岗、油岭、横坑、三排、大坪、军寮、大掌等地的瑶家世代沿袭流传下来。

🌸 每逢重大节日，瑶族人便会跳起长鼓舞

黄大仙叱石成羊

　　凡到过香港的人都知道，香港有个区专门以黄大仙命名，共有四个黄大仙社团，信众数以百万计，黄大仙庙里总是人山人海。黄大仙究竟是何人，他又是怎样成仙的呢？

　　传说在一千多年前，晋成帝咸和三年（328）八月十三日，黄大仙出生于金华兰溪（现浙江省金华兰溪市）。他的名字叫黄初平。

　　黄初平15岁的时候在金华山放羊，遇到一个道士指引并授给他修道的方法，让他到赤松山金华洞内石室中修仙。黄初平有一个哥哥叫黄初起，从不见了弟弟开始，就四处去寻找。一年又一年，40年过去了，黄初起已是满头白发，弟弟还是没有一点音信。

　　这一天，黄初起听人说集市上来了个求卦道人，很灵验。于是，他就到集市请求卦道人为他弟弟黄初平算一卦。道人听了他的一番回忆，说：“我曾在赤松山中见到你弟弟，你弟弟叫黄初平吗？”黄初起一听，高兴得心都快跳到

喉咙，连忙叩头跪拜，央求
道人带他去见弟弟。

道人带黄初起来到山
中石室里，果然见到了黄初
平，兄弟俩抱在一起，高兴
得泪流满面，说个不停。哥
哥对重新见面的弟弟一看再
看，好奇地问："弟弟，40
年过去了，你皮肤还那么白
嫩，头发还那么乌黑，牙齿
还那么整齐，同当年十四五
岁时一样，面容还是昨天的
样子，那么你当年的羊还在
不在呢？"

❀《新镌绣像 列仙传》中的黄初平

"当然在啰。"弟弟黄初平很有把握地回答。

"在哪里？"哥哥黄初起惊奇地问。

黄初平就叫他往山的东面去找。哥哥随即跑到山的
东面去看，只见白石磊磊，根本没有一只羊，回来对弟
弟说："你真会开玩笑，那里哪里有羊！"弟弟说："有
的，是你没看见。"

于是哥哥就与弟弟一起来到山的东面，只听到弟弟大
声叱喝："羊起！"同时仙帚挥转了几下。

先前看到的磊磊白石，随着黄初平的叱喝，立即变成
活生生的羊，有的吃草，有的蹦跳，有的斗角……

　　黄初起明白黄初平已经炼成法术，修道成仙，就请弟弟教导修炼。黄初起经过30年一心一意的刻苦修行，道法大成，也成为神仙，能在青天白日之下不见身影。

　　兄弟二仙回故里去看看，发现认识的亲戚朋友都不在人世了。他俩为乡亲们做了许多善事，后来被人们认出真面目，大家就尊称先成仙的弟弟黄初平为"黄大仙""黄大仙师"。

　　黄大仙擅长炼丹和医术，得道之后在民间惩恶扬善、赠医施药，有求必应。当时广东、香港疫病蔓延，医疗水平低下，很多穷困的老百姓就只能靠黄大仙给自己和生病的家人一点安慰，所以向黄大仙求医问方的人愈来愈多。黄大仙降乩的灵签和药签一直沿用至今。

　　黄大仙祠现在已成了香港人祈福的宝地。香港人无论保平安、求事业、问姻缘等，都来这里解迷津。现在许多香港人只要来黄大仙庙，都十分虔诚地朝拜。黄大仙祠终日香火不断。

林默娘救亲沉海

　　妈祖是人们对海上女神林默娘的亲昵称呼，又称天妃、天后、天上圣母、娘妈，是历代船工、海员、旅客、商人和渔民共同信奉的神祇。

　　据宋代的文献史资料记载，妈祖其实是莆田湄洲一位姓林的女子——林默。

　　林默出生时，邻里乡亲看见流星化为一道红光从西北天空射来，晶莹夺目，照耀得岛屿上的岩石都发红了。因为她出生一个多月都不啼哭，父母便给她取名林默，又称她为林默娘。

　　林默自幼聪颖过人，读书过目成诵。长大后，她决心终生以行善济人为事，矢志不嫁，父母顺从了她的意愿。她精研医理，为人治病，教人防疫消灾，人们都感颂她。林默娘性情和顺，热心助人，只要能为乡亲排难解纷，她都乐意去做，还经常引导人们避凶趋吉。人们遇到困难，也都愿意跟她商量，请她帮助。

　　生长在大海之滨的林默还洞晓天文气象，熟习水性，她还会预测天气变化，事前告知船户可否出航。尤其厉害的是，林默娘能呼风唤雨，常常在大海狂澜中救护难船；又应县令之请，登坛祈雨，获降甘霖。由于屡显神异，人人都尊林默娘为"神女""龙女"。

有一次，林默娘的父亲和哥哥一起出海，突然遇到狂风巨浪，船翻了。林默娘奋不顾身，跳入大海，救回哥哥，但是她的父亲却遇难身亡。林默娘在大海中遍寻父尸，三日后背负着父亲的尸身回来。当时的人们被她的孝心感动，又称她为"孝女"。

宋雍熙四年（987）九月初九的一个暴雨天，林默娘在海上抢救遇险船民，因风浪太大，不幸被台风卷去。人们不愿承认林默遇难而死，认为她已升天——变成了神龙。渔民感其恩德，尊其为海神、天后，并立庙奉祀。

◆ 澳门的妈祖阁是当地最古老的建筑之一

　　位于珠江口西侧的澳门，也有一座纪念林默娘的庙宇——妈阁庙。作为澳门标志之一的妈阁庙原称妈祖阁，是澳门最古老的庙宇之一，其中由石窟凿成的弘仁殿历史最悠久，已有500多年。后因香火旺盛，先后增建石殿、大殿，三座都供奉天后林默娘。

🔹 妈祖在人们心目中是一副慈祥的样子

李子长画在白色宣纸上的两块墨印翻动了一下，"扑通"一声，跃入了江中，变成"挞沙鱼"，至今还在珠江里繁衍生息。

　　"生死树"经过几百年来的风打雨蚀，依然坚定地永远相互厮守着。

　　杏娣流下的鲜红血泪变成一粒一粒的相思子。

　　草木无语人有情，情到深处石点头。

西樵山方竹送女来

　　住在广东西樵山上的村民，有一个特别的习俗，男子向女子求婚时，得在女子家门前种上一株四方竹，以表示对爱情的坚贞——因为根据传说，四方竹必须由对爱情忠心的男子种植才能成活。

　　四方竹的竹身原本和所有的竹子一样是圆形的，被一个痴心的男子用手捏呀捏呀，捏了33年，才变成了现在这样的方形。

　　话说西樵山上有一个打柴郎，与西樵山第一美女相爱。他们常常在山上互对山歌，用歌传情，互诉衷肠。后来打柴郎去姑娘家里提亲，姑娘的母亲嫌他家庭贫寒，将他拒之门外，并以歌回绝了他对自己女儿的提亲，歌里唱道：

　　　　不是花靴莫逛街，不是利斧莫砍柴。
　　　　除非山里天地变，竹子成方送女来。

　　为了心爱的姑娘，打柴郎决心要使圆形的竹子变成方的。于是，他就用手在竹枝上捏呀捏呀，还真让他将竹子捏成方的了，但他的手刚一移开，捏方的竹节又变成圆的了。捏来捏去，就是无法将圆竹变成方竹。

打柴郎虽然精疲力竭，但仍不死心，下决心一定要将整棵竹子捏成方的。这样坚持不懈地捏了三年，不管打柴郎怎么努力，用什么办法，还是不能如愿。既然打柴郎不能让竹子变成方的，那个母亲就将自己美丽的女儿许配给了山下一个有钱的官家儿子。

出嫁当天，花轿抬到半山腰，新娘让轿夫将轿子停了下来。出门前就准备殉情的姑娘一下轿子，就像箭一样向山崖奔去，口中喊着情郎的名字，纵身跳下了悬崖。

打柴郎听到这个噩耗，心碎了，他出家当了白云寺的和尚。伴着经书、钟声，他还天天捏竹不断，又捏了30年，一棵方形的竹子终于出现了。

他把竹子移植到姑娘殉情的山崖下，又移栽到姑娘的坟头前，方竹越长越茂盛。它成了西樵山上独有的竹子品种，男子求婚时要在女子家门前栽种四方竹的习俗便在西樵山上流传下来。

🌸 风景秀美的西樵山

"萝岗香雪"的传说

茫茫瑞雪飘南国，淡淡清香绕城郭。
傲骨寒梅萝岗雪，冬至时分最娇娜。

这是南国广州的"雪"景：和北方的雪一样的颜色——白茫茫一片，和北方的雪不一样的味道——清香阵阵。"萝岗香雪"是羊城八景之一，一度扬名海内外。

萝岗的梅树是从何方来的呢？

相传在很久以前，在离广东很远的长江边上有个村庄，叫作钟村，村里有位老农，叫钟玉岩。

有一天，他在地里劳动的时候，一只老鹰从他头顶上飞过，"呱、呱、呱"连叫三声，接着从半空中掉下一颗乌黑乌黑的珠子，正好落在钟老伯脚跟前。他捡起来一看，咦！是一颗种子。到底是什么种子，他也不知道。不管三七二十一，先把它种起来吧。怪，种下才三天，就长出了一株嫩绿的幼苗；不到十天，就有半人高了；三个月后，幼苗已经长得高过人头，还长出了许多枝丫。

那年冬天，这树苗先开白花，后长叶，最后结出红艳艳的果子来。细碎的小白花香喷喷的；结出的果子紫红紫红的，像玛瑙石一样，吃起来又酸又甜，爽脆极了。

钟老伯非常高兴，逢人就夸，还拿着果子给大家尝。人家问他："这叫什么果？"他想，这果子还没有名字呀，于是就说："没。"大家听错了，以为是"梅"，后来"梅"这个名字就叫开了，一直叫到现在。

钟老伯得到了这棵果树，就像得了宝贝一样，整天乐呵呵的，吃饭也坐不住了，端着饭碗也要到果树下转几转。后来，他干脆在果树下搭了一间草棚，把家搬到那里去了，天天浇水、施肥、除草、捉虫，几乎每一根枝条上都有他的手印。

那一年，他培植出了一百株新苗，在房前屋后都种满了，还送给左邻右舍去种。到了冬天，一百株梅花开了，村里成了梅海！雪白的花朵，发出阵阵清香。梅海的香味飘呀，飘呀，竟然飘到了皇宫里。

什么香这么醉人？比米兰幽，比茉莉奇！大臣来报——是钟村的梅香。

皇帝下了一道圣旨，要把梅花全部移植到御花园去。钟老伯当然不肯，因为违抗圣旨，官府把他抓起来，打了八十大板，判了九十九天监禁。

当钟老伯刑满回到村里的时候，钟村已变成废墟，梅树也全部被抢走了。

钟老伯坐在土堆上哭了三天三夜，泪水流成了一个水塘。待他睁开眼时，哟，一株开满白花的梅树就在眼前，他揉了揉眼睛，上前一把抓住：看得见摸得着，是真的！

于是他使出全身的力气，拼命挖呀挖呀，又怕坏人再来抢夺，便把梅树连根刨了起来，脱下身上那件烂衫，包住树头，抱在怀里，向南就跑。

他一个劲儿地跑呀跑，也不知道跑了多少日子，跑了多少路程，草鞋烂了三双，脚皮磨掉了九层。在一个风和日丽的早晨，来到了一个地方，这里气候温暖，风景秀丽，他便定居下来，栽好梅树，一代一代相传，直到今天。这个地方就是广东萝岗。

如今，广州萝岗香雪公园有近万株梅树，每年的冬至前后，你都可以去那里寻"雪"踏梅，欣赏"香雪海"。

⚫冬季梅花盛开，吸引大批民众前来赏梅

何仙姑与挂绿荔枝

在广州市增城有一棵闻名世界的荔枝树，它的果形奇特：龙头突起，凤尾低垂，红紫相间，中间有一条彩绿纹线直通到底。每年都有许多人专程来到这棵有400年历史的传奇古树前，一睹它的风采。这棵荔枝树为什么这么奇特？它结的荔枝的外壳怎么会挂上一条绿线呢？

唐朝时，小楼镇仙桂村一位姓何的客家人生下一个女孩，取名素女。她五官端正，眉目清秀，聪明伶俐，招人喜爱。

素女自幼性情温柔，勤奋好学，能耕善织。在十四五岁的时候，效法奇人吃云母，自觉身轻如燕，行走如飞。后来拜澄溪山下的麻姑为师，再被吕洞宾点化，成为八仙之中唯一的女仙——何仙姑。

何仙姑成仙以后，由于怀念家乡故土，曾经邀请她的七个仙友一起回到家乡探望。何仙姑到了增城就住在西园的庙里。傍晚时分，斜阳夕照，西园里栽种的这棵荔枝树显得分外苍翠。何仙姑拿起银针彩线来到荔枝树下，绣起花鞋来。原来，她升仙的时候走得匆忙，穿着的花鞋掉了一只在家乡的井边，不知道被谁捡去了，现在她要在家乡为自己再绣一只花鞋来配对。

绣呀绣，时间不知不觉过去了。她竟然不知道天黑之后，又天亮了！东边第一缕阳光照到她身上时，她才惊觉：今天还要和仙友去云游！她急急忙忙把手中剩下的一缕绿色丝线往荔枝树杈上一挂，转身赶进庙里，叫起仙友出发了。

荔枝树感应了仙气，这一年，结的果实上面，就有了一条绿线。后来，这棵树越长越茂盛，叶肥果美，一年比一年香甜，一年比一年爽脆，将近四百年间，结果不断，人们就给它取名"挂绿"。

🍂 饱满诱人的挂绿荔枝

杏娣血泪幻红豆

红豆生南国，春来发几枝。

愿君多采撷，此物最相思。

这首诗就是唐代诗人王维写的《相思》，是描写红豆的千古名句。

红豆产于南方，果实鲜红浑圆，晶莹如珊瑚，南方人常用以镶嵌饰物。红豆又叫相思子，因为它是一个女孩的血泪变成的。

在珠江边上曾经有个小村子，一条河将村子划成两半。河北住着姓徐的人家，河南住着姓郑的人家。两姓人家前世有仇，今生今世老死不相往来。河北有个后生徐奀苏，家中有个老母亲。徐奀苏个子矮小却力大无比，很有本事，能潜入海底，三天三夜不上岸。河北的很多女孩子都喜欢他，而他偏偏就喜欢河南的郑杏娣。

去河里网鱼见到杏娣，他唱：

买包花针随路撒呀，妹妹，揾针容易揾妹难哩。

杏娣回他：

海底珍珠容易揾呀，兄哥，真心情歌实难寻呀哩。

到山上打猎见到杏娣，他唱：

利刀斩不断红岩涌水，族规缠不住情人真心。妹是针来我做线，针行两步线来寻。

很快，他们相爱的事情传到了河南族长郑三爷的耳朵里，他气得破口大骂，一定要按照族规严办徐夭苏，还说要把他抓去充军，送到遥远的北方边关，让他老死不得返乡。徐夭苏一点不害怕，但他的母亲非常担心，连夜收拾行装，让儿子到南洋投靠阿叔去。徐夭苏拗不过母亲，只能听话，悄悄离开了。

可怜的杏娣第二天才知道夭苏离开的消息，她独自来到海边，唱起辛酸的苦歌：

花针拮（刺）住沙梨碇呀，兄哥，提起离别泪水唔停呀哩。莫怪湖水反常态呀，兄哥，泪水流泻涨上来哩。

唱到日落西山，眼泪流干，她还在海滩上张望，不愿意离开。

族长让人把她叫来，对她说："那个奀苏已经被人抓去做猪仔兵，你还是死了这条心，另嫁别人吧。"

杏娣就是不相信。她望了一天又一天，等了一年又一年。任凭岁月流逝，她始终不改痴心，并坚信奀苏一定会回来。

后来，河北的人都看不下去了，悄悄找到她说：当时族长郑三爷知道徐奀苏出洋的消息，派人把他坐的大木船打沉了，还把徐奀苏抓起来，送到北方去戍边了。

杏娣得到这个消息，发了疯一样，披头散发哭了三天三夜，流下的眼泪都是滴滴鲜红的血！第四天一早，她跑到海边，在奀苏登船出洋的地方，跳进了大海。她的血泪洒在路边的树上，变成一粒一粒的相思子。

灵光寺前生死树

　　广东省梅州市的灵光寺是一座千年古刹，是广东省五大名寺之一。灵光寺门前有两棵柏树，一荣一枯，有一千多年的树龄，高三十多米。生树枝繁叶茂，苍翠挺拔；死树高度及干枝粗细与生树相当，干枝枯死而不腐不朽，傲然挺立。也就是说，死树的模样一直没变，而生树也多年来几乎"拒绝"生长，"矢志"与死树保持外观上的一致。当地人唤作生死树，是当地著名旅游景点之一。

　　据当地民间传说，当年开山祖师潘了拳从福建、广东两省交界的赤蕨寺带了两棵柏树苗到阴那山寺，走了一程才发觉在半路掉了一棵，等他回头找到那棵树苗时，那棵树苗早已被太阳晒得干枯了。来到阴那山，潘了拳将一枯一荣的两棵树苗一起种在灵光寺门前，口中念道："树苗！树苗！快长快高，生死同种，生死同高。"从此，在一千多年里，这生死二树同生同长，长得一般高。

　　关于"生死树"的传说还有另一个版本，这个版本更悲切，更感人。这是一个海枯石烂也誓死不渝的爱情故事。

🌀 一枯一荣两棵柏树，已历经千年的风雨

　　两棵树一雄一雌，枯死的那棵是丈夫。他的死也许是天数，但要留下妻子一个人孤苦伶仃，他是一百个不忍心。这强烈的意念，终使他形死而灵不灭。于是，他们的根紧握在地下。两棵树站在生死的两端，仿佛永远分离，却又相依了千年。每一阵风吹过他们都相互致意，一遍一遍诉说着他们不离不弃的誓言。几百年来的风打雨蚀都不能摧毁和腐烂他。他坚定地永远陪护在妻子身边。而那棵雌树为了与夫君相守平望，从此也拒绝长高——爱在魂在，树枯不腐。

小鸟古榕绿天堂

广东省江门市新会区南部天马村天马河上的一座小岛上，生着一株约500年树龄的大榕树。它的浓荫覆盖着20多亩土地，独木成林。从近处看，绿叶婆娑，根须飘拂，盘根错节，气根落地成丛、成穴、成网，犹如原始森林；从远处看，就成了浮在水面的绿洲。

这神奇的景观拥有一个同样神奇的故事。

相传在明代景泰年间，立春以来百日无雨，赤地炎炎，田地龟裂，无法下种。天马村有个叫阿容的汉子，在仔细勘察了当地的地形之后，提出一个方案：挖一条人工河，引珠江水灌溉村里的田亩。这个方案得到全村人的称许，村民们出钱的出钱，出力的出力，男女老少齐上阵，起早摸黑，挖泥搬土，终于挖出了一条人工河，起名天马河。

刚刚开通的天马河确实给当地的村民带来了实惠，得到河水灌溉的田地稻香菜肥。可是好景不长，三年后，天马村里突然瘟疫流行，村民死亡无数。有权有势的人请来的风水先生说是天马河开坏了，破坏龙脉，败了风水，带来灾祸，只有堵上天马河，才能驱除瘟神，消灾避难。

在众人的劝说下，阿容只得同意了堵住天马河的要求。他用船载着泥土来到河心，在船头插下木篙，固定位置之后，在船底凿了个洞，等船儿徐徐下沉，他才下河游到岸边，回头望了望心爱的村庄，沿着江岸永远离开了家乡。村民们含着泪水，用船载着泥土倒在木篙周围，不久堆起了一个土墩，成了河心小岛。想不到第二年这根木篙竟然抽枝发芽，不久便长成了一棵小叶榕树。

一个风和日丽的早上，一只白鹤飞来天马村上空，绕着榕树盘旋了几圈后，飞走了。第二天，一大群白鹤来了，它们白天出去为榕树衔来泥土、撒下鸟粪，晚上就栖息在树上。而榕树也越长越高，从枝上长出了许多气根，气根倒垂下来，钻进泥土里。过些日子，入土的根儿长成了新的枝干，枝干长粗了又垂下许多气根来……

长高长大的榕树又迎来一大群灰鹤。灰鹤与白鹤相反，它们晚上出去为榕树衔来泥土、撒下鸟粪，白天在树上睡觉。灰鹤与白鹤分工合作，友爱互助。

天马村的乡亲们都视这棵树为神树，鸟为神鸟。他们定下乡规：在榕树周围八里范围内，不鸣枪、不放炮、不打锣、不敲鼓，不准上岛捕鸟拾蛋、摘野果、采木耳、折树枝。这里成了鸟儿们的乐园。其他各种鸟儿也纷纷飞来，在这里筑巢养崽，和睦而快乐。就这样年复一年，数百年过去了，一棵树长成了一片林子。

1933年，文学大师巴金先生乘船游览后叹为观止，写

小鸟天堂百鸟归巢的盛景

下优美散文《鸟的天堂》，这棵大榕树因此有了"鸟的天堂"这个美名。今天你去那里，依然能够看到白鹭（当时的人们将"鹭"当成了"鹤"）晨出暮归，灰鹭暮出朝回，万千灵鸟嘎嘎呼唤，翩翩起舞，凌空翱翔。

挞沙鱼的来历

广州的珠江出产一种特有的鱼，叫挞沙鱼。这种鱼长得扁平乌黑，样子看起来像草鞋，但肉质清新嫩滑，鲜美可口。关于这种鱼的来历，广州民间传说它是明朝画家李子长画出来的。

民间对画家李子长的传说很多，比如说他画成的老猫会捉老鼠，母鸡可以下蛋，鸟儿能够飞翔鸣叫，等等。就因为这样，他的画声名远播，许多人慕名前来求见、求画，尤其是一些达官贵人、富豪巨贾，仗着官高权大或是财力丰厚，登门强求，弄得李子长厌烦至极。

为了躲避纠缠，李子长搬到一条很窄很深的小巷里居住。这条巷子又窄又长，九曲十八弯，所以被称为九曲巷，八抬大轿进不去，四抬大轿出不来，骑马之人落马走，骑驴之人牵驴行。那些坐惯了官轿，骑惯了高马的人要想到李子长家里，非得下车步行走很多路不可，因此也就少了很多前来索画的人。

这一年，有个巡抚大人路过广州，听说李子长的画如此神奇，一定要登门向李子长求画。他坐着一顶八人抬的大轿来到九曲巷口，一看轿子进不去，气得吹胡子瞪眼睛，大声对手下人喝道："一个小小画匠，竟然要本大人徒步登门，去问问他有几个脑袋？告诉他，马上给本大人画幅画送过来，否则就把他捉到府院去问罪！"

差人一溜小跑来到李子长家里，见他就说："李子长，我们老爷看得起你，亲自登门求画，你却在家里一动不动，是不是有些过分呀？"李子长说："李某实在不知巡抚大人光临，我一介平民，哪敢有劳老爷大驾。"差人只好说："好吧好吧，不知道就算了。现在我们老爷就在巷口等你的画，限你在一刻钟之内作好一幅画送给我们老爷，否则后果自负。"李子长听了，知道自己没有能力与官府对抗，无可奈何地说："好吧，你在这里等着，我尽力而为吧。"

神笔李子长让妻子立即磨墨，并将磨好的墨汁倒入一只洗脚盘中，再从床底下找出一只烂草鞋，把鞋放到脚盘里沾墨，取出一张大白宣纸，将沾了墨的草鞋在宣纸上捺了两下，然后再取出神笔，在草鞋印的圆头底下各画两个小圆圈，说是鱼眼，湿淋淋地拎出去，交给差人，对他说："官爷，这幅画千万不要在水面上打开哦。走吧。"

差人怕巡抚大人在巷口等得着急，上气不接下气地跑了回去。巡抚大人正在那儿后悔，想自己堂堂的一个巡抚，为了一幅画光天化日之下在这巷口等半天，真是没面子，见差人手上拿回画卷，但他一点看画的心情都没有了，回头命令轿夫："起轿，回船。"

来到珠江渡口，在船上坐定，巡抚想，今天专门为要李子长的画而来，既然人家画了，那就打开看看吧。他这样想着，准备展开手中的画。那差人见了，忙上前说："启禀大人，那李子长说，这画千万不要在水面上打开！"

巡抚大人和周围的人一听，哄堂大笑：好一个李疯子，一幅草图，还要故弄玄虚，什么水上陆上，分明是捉弄人的把戏。巡抚亲自将画打开，见上面只有两团黑黑的草鞋印，勃然大怒："岂有此理，让本官等了半天不算，竟敢用两团墨来戏弄于我！"

正要发作，却见白色宣纸上的两块墨印翻动了一下，闪出几点粼粼波光，尾巴一摆，"扑通"一声跃入了江中。它们在船的附近转了转，好像向船上的人打招呼一样，然后向江心游走了。

观者个个称奇，巡抚大人见状哪里还敢生气，心想："这个李子长肯定是个神人，本官惹不起。"于是默默地打道回府了。

这两条游入珠江的鱼后来就叫"挞沙鱼"，它们在珠江里繁衍生息，成了珠江河里的一种特产。